L'HOMME REQUIN

JEAN-CHRISTOPHE CHAUMETTE

L'HOMME REQUIN

LE NEUVIÈME CERCLE — 1

FLEUVE NOIR
ANTICIPATION

ISBN 2-265-04401-6
ISSN 0768-3014

« La vie est un récit conté par un idiot, plein de bruit et de fureur, et qui ne signifie rien. »
SHAKESPEARE – (*Macbeth*)

« C'est en vain que j'ai accumulé en moi tous les trésors de l'esprit humain : quand à la fin je viens à m'asseoir, aucune force nouvelle ne jaillit de mon être intime ; je ne suis pas d'un cheveu plus haut, je ne suis pas plus proche de l'infini. »
GOETHE – (*Faust*)

« Après avoir découvert que la vie n'a aucun sens, il ne nous reste rien d'autre à faire que de lui donner un sens. »
Lucian BLAGA – (*Pierre pour mon monument*)

Oningu vient se blottir contre la poitrine de son grand-père. Il enfouit sa tête dans les nattes épaisses, blanches et douces, et caresse de sa petite main le visage ridé de Aru Barani — *la racine noire* —, la vieille racine noire, crevassée et desséchée, mais profonde, si profonde dans la terre de l'histoire des Kreels.

— Grand-père, raconte-moi l'histoire de Bunda Yungui !

Le vieil homme sourit. Dans trois mois, Oningu aura cinq ans. Il a presque atteint la moitié de sa vie d'enfant. Mais pour le moment, il a toujours besoin d'entendre la voix rauque de son grand-père chanter les histoires du temps d'avant les Naa-Gundis.

— Tu l'as déjà écoutée, Oningu ! Plusieurs fois...

— S'il te plaît, grand-père...

Aru Barani prend son tonango pour s'accompagner. Il s'accroupit et place l'instrument entre ses cuisses. Puis il le palpe longuement. Ses vieilles mains en aiment le contact ; les cylindres de terre cuite sont comme leurs paumes, secs, rugueux, fendillés ; et la peau de leurs doigts est aussi raide et épaisse que le cuir des membranes. Il y a si longtemps que les mains de Aru Barani et son tonango font naître la musique de leur rencontre, qu'ils ont fini par se ressembler.

Le vieil homme commence à battre un rythme lourd, lourd et lancinant. Et il se met à parler, et chacune de ses paroles s'envole, soulevée par les battements puissants qui naissent sous ses doigts, et son récit est une chanson très vieille, très grave, très belle ; comme sa voix.

Oningu est toujours serré contre la poitrine de son grand-père. Il écoute.

Entre l'époque où Jaambé créa le monde
Et celle de la venue des sept pèlerins
Il y eut un temps lointain et oublié
Un temps où naquirent les chants éternels
Voix et vie des fils de Jaambé
Jusqu'à la fin des fins
En ce temps-là vécut Bunda Yungui
Et toujours il vit et toujours il vivra
Car son chant est grand parmi les chants
Car sa vie est un chant
Car elle est née d'un chant
Et ce chant vit dans ma poitrine
Et dans ma gorge
Et dans ma bouche
Et sous mes doigts
Et jamais il ne s'éteindra

Tant qu'il y aura des doigts noirs
Qui frappent le tonango
Des poitrines noires où vibre la musique
Et la gorge et la bouche du peuple de Jaambé
Qui chantent sa vie
Jusqu'à la fin des fins
Voici l'histoire de Bunda Yungui
La jeune pousse

Tout commence par un chant
Le plus ancien des chants
Par la voix d'un vieillard
Le plus âgé des vieillards
Il raconte le Bundadaya Nagué
Arbre sacré de la sagesse
L'arbre qui jamais ne meurt
Et dont jamais ne meurent les fruits
Pommes d'or et de soleil
Celui qui les cueille éclaire son âme
Eclaire son cœur
Eclaire sa vie
De la sagesse de Jaambé
Jusqu'à la fin des fins

Bunda Yungui écoute le chant
Puis il part
Il part dans la forêt
Petit enfant parmi les arbres
Et commence à chercher
Il cherche le Bundadaya Nagué
Mange les fruits

Mange les racines
Dort sous les branches
Parmi les arbres
Il apprend leur langage
Celui du vent et des feuilles
Celui du tronc qui craque
Il grandit arbre pense arbre vieillit arbre
Sans la haine des hommes ni l'amour des hommes
Sans la joie des hommes ni la peine des hommes
Car son temps est celui des arbres
Moments égaux moments semblables
Equilibre de bonheur et de mélancolie
Répétés sans fin
Jusqu'à la fin des fins

Et Bunda Yungui cherche l'arbre sacré
Mais il est vieux et n'a rien trouvé
Lui qui a tant cherché
Alors il entend la forêt qui parle
Il écoute la forêt qui chante
Bundadaya Nagué
Bundadaya Nagué
Il regarde et ne voit rien
Il va mourir près du but
Pourtant il est fort et droit
Et la forêt chante
Bundadaya Nagué
Alors il comprend
Ses jambes sont de bois épais et noueux
Et s'enracinent dans la terre de Jaambé

Son corps est d'écorce craquelée
Il s'élève très haut vers le ciel de Jaambé
Ses bras sont immenses et ramifiés et feuillus
Ils portent à leur extrémité
Les pommes d'or et de soleil
Et ils les porteront
Jusqu'à la fin des fins

Le chant s'arrête. Aru Barani entend tout contre lui la respiration régulière de l'enfant. A cet instant, il regrette ses yeux morts, et sa tristesse est grande de ne pouvoir contempler son petit-fils.

Oningu s'est endormi.

Il rêve.

CHAPITRE PREMIER

« Tu es né entravé par le carcan des droits et des devoirs, des lois et des principes, de la religion et de la morale, soumis au joug pesant de la société. Tu crois accomplir ton destin, mais il t'échappe complètement. Tu imagines autour de toi un champ sans limites, alors que tu rampes dans un boyau étroit et sombre. La signification de tes actes ne t'appartient pas.

« Et même si tu es un de ceux qui forgent les chaînes, un édicteur de lois ou un inventeur de dieux, un de ces inlassables créateurs de vie meilleure qui pensent au bien des autres au lieu de rechercher leur propre bonheur, tu n'échappes pas à la règle. Tu crois détenir le pouvoir, mais c'est le pouvoir qui te tient, te transforme, te façonne. En fin de compte, c'est toi qui portes le fardeau le plus écrasant.

« Ton corps est cloué à la croix de la raison de société. Tes actes sont programmés par le cerveau collectif de l'humanité grégaire ; ils n'ont pas plus de sens que ceux des fourmis entretenant inlassablement la vie de la fourmilière.

« Alors pense ! Imagine ! Bâtis d'autres mondes, d'autres vies, d'autres êtres ! Ne sois pas une fourmi !

« Et prends conscience d'une chose :

« La valeur d'une existence ne se mesure pas à ce qu'on a eu la possibilité de vivre, mais à ce qu'on a été capable de rêver. »

Un germe de folie
Ozan Rimith (Fabérien, 187e siècle A.T.T.)

Les ombres du mont Togarth s'allongeaient démesurément sur un plateau désert et battu par le vent d'est. Elles grandissaient et devenaient en même temps plus étranges à mesure que le soleil rouge et mourant de Magarth-Sikh descendait sur l'horizon, semblable à la dernière braise d'un feu qui s'éteint, lueur vacillante ne réchauffant plus rien depuis bien longtemps. Une nuit interminable et glacée allait commencer sur cette face de la planète. Pour Stanley, la vie finissait en même temps que le jour sur Magarth-Sikh. Son sang et ses forces diffusaient hors de lui, lentement, s'étalant en nappe, comme la lumière rougeâtre du soleil couchant qui baissait d'intensité et colorait toute la ligne des pics du Togarth.

Il restait indifférent devant son agonie, comme il l'avait été si souvent face à celle des autres. La douleur que lui causaient les deux flèches à pointe de cristal fichées entre ses côtes devenait moins nette, le froid engourdissait son corps et son esprit. Il avait de plus en plus de mal à différencier les gros blocs de roche granitique, aux angles aigus comme des lames, des centaines de corps étendus sur le plateau, sous leurs cuirasses épaisses et ternes, toutes hérissées de pointes aux formes diverses et étranges. Seule l'énorme carcasse du vaisseau, renversée et éventrée, lui semblait se détacher encore du désert de pierre.

Le module de climatisation de son armure de cristacier épuisait l'énergie de ses piles à lutter contre le froid épouvantable de ce monde perdu. Stanley se demanda s'il mourrait saigné par ses blessures ou gelé jusqu'aux os au milieu de la nuit glacée qui s'emparait du plateau. De toute façon, ce serait une mort blanche, silencieuse et cruelle, pour un homme pâle, taciturne et impitoyable. Chez tous ceux dont il avait vu la vie s'enfuir, il avait constaté du regret ou du soulagement, à cause de ce qu'ils quittaient, de l'espoir ou de la crainte, à cause de ce qu'ils pensaient trouver. Mais Stanley ne basculait pas dans le néant, il y glissait lentement, sans à-coup, sans rupture, comme si son existence avait été une mort tout éveillée.

Pas un des corps étendus autour de lui ne bougeait. Il était le seul survivant de son bataillon, pour quelque temps encore. Bientôt, la nuit le figerait pour l'éternité parmi les rochers noirs de l'immense plateau du Togarth. Stanley repensa au piège grossier dans lequel ils étaient tombés et qui avait mis fin à leur fuite éperdue dans l'espace, où les Fabériens les avaient traqués comme du gibier des jours durant.

Tout avait commencé par ce raid contre Igri-Tündul. L'argent de l'empereur des Thorgs, l'attrait du pillage des riches cités recelant de fabuleuses armes de cristal rouge, et surtout le désir d'éprouver à nouveau les sensations grisantes que procure la bataille, l'envie puissante de respirer l'odeur du sang et de sentir la mort sous ses doigts, avaient lancé Orth et sa horde de Moog-Saïs sur cette planète de la frontière du royaume d'Eremaül IV. La bataille avait été brève, les quelques pâles soldats fabériens défendant la ville de Sunri-Lihor rapidement égorgés. Et pendant onze jours et onze nuits, les mercenaires avaient fêté leur victoire, avec la passion sans bornes de ceux qui sentent quotidiennement le souffle de la mort contre leur nuque.

Stanley revit le spectacle qu'avait offert la cité vaincue pendant cette période de folie et de pillage : les Moog-Saïs ivres vomissant sur les tapis tindaris et les parquets marquetés des demeures de Sunri-Lihor ; les femmes à la peau claire, aux épais cheveux noirs, lourdes de seins et de hanches, qui gisaient sur le sol, lasses, dépouillées des souvenirs de leur passé et des espérances de leur avenir, après avoir été violées par les barbares victorieux ; et les corps démembrés qui traînaient dans toute la ville, témoins des crises de fureur meurtrière qui prenaient les Moog-Saïs lorsque l'alcool les rendait trop pensifs et mélancoliques.

Puis les troupes d'Eremaül IV avaient débarqué sur Igri-Tündul. Le réveil des mercenaires avait été brutal et difficile. Ils avaient fui en catastrophe, abandonnant presque tout leur butin, emportant au dernier moment des objets sans valeur pour ne pas partir les mains vides mais oubliant leurs armes, bien le plus précieux du guerrier. Certains étaient restés, piégés dans la cité, parce qu'ils étaient trop soûls pour retrouver le chemin du vaisseau spatial ou parce qu'ils avaient cherché trop longtemps un trésor dissimulé la veille mais dont une nuit d'ivresse avait effacé le souvenir de la cachette. Les Fabériens les avait tous tués.

Le petit vaisseau des Moog-Saïs avait réussi à échapper aux croiseurs d'Eremaül, plus lents et moins maniables. Mais son convertisseur tachyonique avait été endommagé par un tir ennemi, et les mercenaires en fuite s'étaient trouvés condamnés à errer dans les parages immédiats d'Igri-Tündul, incapables de s'arracher à l'univers de la matière et du temps pour prendre la voie de l'hyperespace, ce chemin qui n'est ni dans le présent, ni dans le passé, ni dans le futur, qui n'est nulle part mais qui n'est pas le néant, qui simplement est dans l'ailleurs, hors de tout ce que nos esprits peuvent imaginer. Cette route qui les aurait reconduits jusqu'à leur monde sauvage, ils n'avaient pas pu l'emprunter.

Et les Fabériens, sillonnant l'espace, expédiant des divisions sur chacune des planètes proches d'Igri-Tündul, avaient construit une monstrueuse nasse cosmique dans laquelle les mercenaires s'étaient retrouvés pris. Pour punir un simple raid barbare contre une des planètes du centre, comme il s'en produisait des dizaines chaque année, Eremaül IV avait mobilisé la moitié de sa flotte.

En pleine guerre contre les Thorgs, c'était presque une folie, mais le vieux roi de Sharangir aimait Igri-Tündul, la planète du Narok, cristal rouge dans lequel furent taillées les épées de tous les monarques fabériens ; il aimait sa capitale, Sunri-Lihor aux trois rivières, aux maisons de bois verni, aux pontons de rondins lancés entre les demeures ; et il aimait ses habitants, cette race de forestiers aux larges épaules, aux cheveux et aux yeux noirs, au sourire franc et aux coutumes accueillantes. Lorsqu'il avait découvert ce que les Moog-Saïs avaient fait de la ville préférée de son royaume, il avait juré de retrouver les coupables, même s'il fallait les poursuivre jusque sur leur monde perdu.

Stanley avait suggéré d'attendre dans l'espace, dissimulés aux recherches de l'ennemi par l'immensité du vide cosmique. Il y avait cinq mois de vivres sur le vaisseau. Eremaül ne pouvait se permettre de bloquer plusieurs divisions aussi longtemps pour exterminer une poignée de mercenaires, alors qu'il devait également faire face à l'armée impériale thorg.

Mais Orth, comme toujours, s'était montré impatient. Le plaisir du carnage, de l'ivresse, du pillage et des viols, déjà lui semblait lointain. Il avait hâte d'entreprendre de nouvelles razzias, de mener de nouveaux combats, car la fureur de la bataille et la griserie des heures suivant la victoire étaient les seuls moments qui lui donnaient vraiment l'impression de vivre. Il avait décidé de poser le vaisseau sur une planète inhabitée pour réparer le convertisseur tachyonique et avait choisi Magarth-Sikh, parce qu'elle était froide, nue et morte, s'imaginant stupidement que ce serait un refuge idéal.

Stanley n'avait pas insisté, sachant que son idée d'attendre dans l'espace serait interprétée comme de la couardise, même s'il était sûr qu'aucun Moog-Saï n'oserait le lui dire en face. D'ailleurs, Orth était le chef. Mais, lorsque deux heures seulement après s'être posés sur le grand plateau du Togarth, les mercenaires s'étaient trouvés encerclés par un ennemi dix fois plus nombreux, Stanley n'avait nullement été surpris. Les Fabériens les avaient attendus sur Magarth-Sikh, comme ils les avaient attendus sur chacune des planètes proches d'Igri-Tündul.

Les Moog-Saïs n'avaient même pas pu se battre. Les soldats d'Eremaül avaient détruit le vaisseau pour les empêcher de fuir, puis les avaient accablés de flèches à pointes de cristal, refusant le corps à corps, les abattant de loin, comme on lapide un chien enragé. Stanley se souvint de l'agonie de Orth, criblé de projectiles, dégoulinant de sang, qui insultait les Fabériens, les traitant de lâches en brandissant sa lance. Il s'était traîné jusqu'aux lignes ennemies, trébuchant sur les rochers, percé de cent blessures, hurlant comme un fou, de la bave teintée de rouge ruisselant de ses lèvres, et lorsqu'il s'était écroulé, il avait continué d'avancer en rampant, jusqu'à ce que la mort l'arrêtât. Jamais le grand Moog-Saï n'avait été plus effrayant que dans ses derniers instants.

Stanley revit en pensée la face du chef des mercenaires, moitié chair, moitié métal. Le côté gauche de son visage, brûlé par une lance thermique lors d'un combat sur Golok-Shadir, avait été remplacé par une plaque de céramacier. On lui avait greffé un œil électronique énorme, à facettes, et lorsqu'on le regardait de profil du côté mutilé, Orth ressemblait à une monstrueuse mante religieuse. Le chef moog-saï avait aussi une main artificielle et une plaque métallique sur le côté de la cuisse droite, mais sans aucun doute, sa prothèse faciale était celle qui lui avait inspiré la plus grande fierté.

« Quelle absurdité ! Orth commandait à la tribu uniquement parce qu'il était rafistolé de la tête aux pieds... Mais ça prouvait seulement qu'il s'était fait avoir plus souvent que les autres, que c'était un foutu imbécile ! Ses cinq cents hommes sont morts à cause de ça, et maintenant j'en crève aussi... »

Stanley n'avait jamais admis le goût morbide des soldats moog-saïs pour ces prothèses effroyables qui mettaient chacune de leurs blessures en évidence. Ils n'auraient voulu à aucun prix d'un néotissu synthétique capable de réparer la plus atroce des mutilations sans aucune trace. Il leur fallait des éléments métalliques, étincelants, aux formes agressives et anguleuses tranchant sur la chair. Lorsqu'un combat laissait une marque, il était indispensable qu'elle fût visible de tous, afin que le courage de celui qui la portait fût connu. La virilité, l'expérience guerrière, l'endurance, tout chez les Moog-Saïs se mesurait au nombre et à la gravité des blessures. Même la beauté... Un corps d'homme sans cicatrices et sans mutilations était ridicule. Stanley, avec son visage est ses membres intacts, avait été un paria pour les barbares. Mais il aurait été un paria parmi n'importe quel peuple, et d'ailleurs cela lui était indifférent.

Il se rappela ses compagnons d'armes, hybrides incroyables d'êtres humains et de machines, à demi vivants et à demi robots. De sa mémoire embrumée surgirent les monstrueuses cohortes des guerriers moog-saïs: ceux aux membres artificiels, jambes mécaniques aux carapaces étincelantes, articulées comme des pattes d'arthropodes, mains de métal énormes, puissantes et griffues, épouvantables pinces à broyer les crânes; ceux dont les chairs lacérées, la peau brûlée et les os fendus étaient remplacés par des plaques épaisses de matériau dur, rigide et inaltérable, et qui semblaient ainsi couverts d'une carapace chitineuse; et ceux enfin dont le visage avait été atteint, figures de cauchemar aux becs de métal coupant, faces lisses et plates d'acier luisant, avec leurs yeux greffés, globuleux et mobiles, pleins de facettes brillantes. Il se souvint des légendes étranges qu'il avait entendues tout enfant, prétendant que les Moog-Saïs étaient un peuple maudit né des effroyables copulations de femmes des mondes perdus avec de grands insectes métalliques.

Le froid et la mort qui s'insinuaient lentement en lui le firent délirer à voix haute :

— J'ai choisi les plus monstrueux de tous. Mais même pour eux, je suis devenu un sujet de crainte...

Le nom de Moog-Saïs suffisait à répandre l'épouvante parmi les hommes les plus endurcis. Ils n'étaient pourtant pas les plus cruels habitants des mondes guerriers. Les Oglouks, stupides et brutaux, ignorant tout sentiment, agissaient comme des animaux ou des machines. Les Balroogs, irascibles et violents, tuaient pour un regard déplaisant, se querellaient et se battaient entre eux comme des fauves au moindre désaccord, ne se sentant à l'aise que dans la guerre. Et les Sarkoïs, plus raffinés, recherchaient les plaisirs sadiques, torturant et mutilant systématiquement leurs prisonniers.

Mais les plus effrayants étaient ceux qui venaient des planètes perdues, aux limites extrêmes de l'univers des hommes : Uktuhls fanatiques vouant leur culte à la mort ; Harriks des terres noires dont les enfants devaient se brûler un œil pour prouver leur courage ; et les Krüses, qui croyaient trouver dans le sang de leurs ennemis des forces supplémentaires et une énergie nouvelle.

Pourtant, les Moog-Saïs étaient plus redoutés

que tous les autres mercenaires des planètes sauvages, ceux qui vivaient par et pour la guerre. Stanley n'avait pas oublié la terreur dans les yeux de leurs adversaires lorsque la phalange des hommes-machines arrivait au corps à corps, et les rires de ses compagnons qui combattaient sans casque pour exhiber leurs atroces prothèses, fiers de leurs mutilations, excités à l'idée de l'effroi qu'ils inspiraient. C'était cette attirance démente pour la monstruosité qui faisait tant craindre les Moog-Saïs.

Lorsqu'une armée se trouvait face aux hordes des mercenaires barbares, la peur des soldats ne pouvait se cristalliser qu'autour de légendes, de vagues rumeurs chuchotées le soir, au campement, par les vétérans. Les vieux combattants aimaient à raconter aux nouvelles recrues comment les Krüses buvaient le sang de leurs victimes et s'en maculaient le corps, et leur faconde était inépuisable lorsqu'il s'agissait de décrire les tortures que faisaient subir les Sarkoïs à leurs prisonniers. Mais ce n'était qu'une façon d'exorciser leurs craintes, et en vérité, ils ne croyaient guère eux-mêmes à ce qu'ils disaient.

La folie des Moog-Saïs, ils devaient l'admettre, car dès l'instant où les phalanges se trouvaient face à face sur le champ de bataille, ils l'avaient sous les yeux. Et jusqu'à ce que le combat mêlât la chair et le métal, le sang et le cristal, effaçant des esprits toute pensée et tout sentiment pour ne plus laisser subsister que le désir de tuer et de survivre, leur âme était envahie de songes atroces nés de la vision des guerriers aux têtes d'insectes. Ne sachant distinguer les corps des cuirasses, les armes des griffes monstrueuses, ils ne voyaient devant eux que des êtres étranges faits d'un mélange odieux de matière vivante et de matière morte.

Leur peur naissait d'un écœurement viscéral pour cet étalage de mutilations, additionné d'une incompréhension totale face à cette perversion mystérieuse, essentiellement choquante pour les autres esprits humains. De cette peur, leur imagination faisait une épouvante sans nom, prêtant à ces barbares capables d'un tel goût pour l'horreur des mœurs terrifiantes. Face aux Moog-Saïs, la plupart des guerriers étaient handicapés par une angoisse indicible, comme si une main énorme les avait saisis, serrant leurs membres, pressant leur poitrine et leur gorge, étouffant leur respiration. Et même les autres peuples des mondes perdus, endurcis par des conditions de vie d'une rigueur inimaginable, coutumiers des pratiques les plus cruelles, indifférents à la souffrance et à la mort, ressentaient devant les Moog-Saïs un goût âcre dans leur bouche et le commencement d'une espèce de crainte dans leur esprit.

Pourtant, parmi ces êtres dont la seule présence suffisait à susciter chez les autres hommes des sentiments allant de la gêne persistante à la terreur incontrôlable, à tel point que certains prétendaient qu'ils étaient l'incarnation même de la peur, Stanley avait été considéré avec un effroi étrange, presque mystique, qui semblait puiser son origine au cœur des zones les plus troubles et les plus anciennes de l'inconscient humain.

Le soleil avait disparu derrière les montagnes du Togarth, rouges de lumière, semblables aux dents dégoulinantes de sang d'un fauve colossal. Un froid absolu allait s'emparer de cette moitié du monde, le temps d'une nuit de Magarth-Sikh, presque une vie d'homme…

L'esprit de Stanley s'engourdissait en même temps que son corps. Ses pensées étaient confuses, comme gelées par le vent glacial soufflant sur le plateau.

Il revit son dernier combat, ses compagnons sûrs d'eux, ne craignant rien, comme d'habitude, même lorsqu'ils s'étaient découverts encerclés, alors que lui avait compris depuis longtemps qu'ils étaient tous perdus. Les Moog-Saïs avaient accueilli cette nouvelle bataille avec une joie sauvage, confiants dans la force de leurs bras et la terreur qu'inspirait leur aspect. Déjà, ils avaient vaincu à un contre dix, et les Fabériens ne les impressionnaient pas plus que tous les guerriers dont ils avaient rompu les membres et crevé la poitrine.

Ils s'étaient lancés vers les lignes ennemies en paquets hurlants, dressant vers le ciel la pointe de leurs épieux et de leurs sabres. Le hululement déchirant de milliers de flèches tirées contre eux avait répondu à leurs cris. Le souvenir du choc mat du cristal perçant le cristacier des armures et la chair des torses, celui des craquements secs lorsqu'un des carreaux faisait éclater les os d'un crâne, et celui du gargouillis des gorges transpercées et emplies de sang, étaient encore si nets dans la mémoire de Stanley qu'il lui semblait parfois, au milieu du silence glacé du grand plateau, entendre à nouveau ces sons écœurants et terribles.

Le flanc troué par deux pointes de cristal, il s'était écroulé parmi les derniers, et, jusqu'à ce qu'il perdît connaissance, il avait vu des Moog-Saïs tordus par la douleur, arrachant des flèches de leur corps meurtri, et d'autres, enragés de ne pouvoir atteindre l'ennemi, hurler comme des loups avec du sang plein la bouche.

Il avait vu les mercenaires tenter de courir vers la phalange des Fabériens, dérapant sur les fragments des rochers noirs pulvérisés par le froid du Togarth, avançant malgré leurs blessures, et à leur tête, la silhouette puissante de Orth, qui était allé plus loin que tous les autres avant de s'effondrer.

Il les avait vus frémir de souffrance et de colère, maudire l'ennemi, un poing tendu vers le ciel, tenter frénétiquement de briser leurs armes contre les pierres pour ne pas les laisser subsister après eux. Mais à aucun moment, il n'avait vu un Moog-Saï manifester de la peur.

Et Stanley Petersen se mit à penser que jusqu'à sa mort, il n'aurait ainsi jamais découvert chez ces barbares étranges la crainte de quoi que ce fût, hormis son regard, ni de quiconque, hormis lui-même. Un mot lui vint à l'esprit : Sharkey — le squale —, le surnom que lui avaient trouvé ses compagnons d'armes, parce qu'il était constamment aux aguets ; parce qu'il n'exprimait aucun sentiment, ne trahissait aucune émotion, comme s'il portait un masque, identique lorsqu'il mangeait et lorsqu'il égorgeait un homme ; parce qu'il était imprévisible, restant impassible là où un autre se serait battu, tuant là où la plupart auraient ri ; parce qu'il semblait totalement inhumain lorsqu'il donnait la mort, sans colère, ni rage, ni haine, sans effroi, ni répulsion, ni dégoût, sans cruauté, ni plaisir, ni jouissance, sans nécessité, sans folie, sans tout ce que les autres auraient pu comprendre ou sans tout ce qu'ils avaient pu voir ou ressentir au moins une fois. Il tuait pour tuer, comme un requin.

Les Moog-Saïs l'avaient d'abord méprisé pour son corps sans blessures, parce qu'il revenait toujours indemne du combat. Sa rapidité, sa prudence et sa ruse le protégeaient des armes ennemies. Et pourtant, chaque bataille étanchait sa soif de mort. Cela, les barbares avaient fini par le comprendre. Ils l'avaient au départ considéré comme inférieur à eux. Ils avaient ensuite réalisé qu'il était différent. Enfin, il leur était apparu effrayant. Ils s'étaient alors souvenus qu'il revenait de Sirdan, la planète-prison de l'empereur des Thorgs. Et pour la première fois, ils avaient regardé ses yeux, senti le poids de son regard, et ils l'avaient appelé Sharkey.

Les yeux de Stanley étaient d'une couleur indéfinissable, tantôt gris comme la brume, tantôt glauques comme une eau trouble, mais toujours ternes, vides de l'éclat d'une quelconque passion. Son regard, froid, d'une fixité inquiétante, se posait sur les choses et les hommes comme une chape de glace. Il lui avait valu, plus que tout le reste, son surnom.

L'obscurité était maintenant presque totale sur le plateau du Togarth. Seule une infime lueur rougeoyait à l'horizon, sur laquelle se découpait la masse noire des pics immenses de la grande barrière de Magarth-Sikh. Stanley sentait la mort couler dans ses veines, diffuser dans son corps, gagner ses membres, remonter vers son cœur et son cerveau, comme un liquide glacé chassant peu à peu la chaleur et la vie hors de lui, pour ne laisser à la fin que le vide, le silence et la nuit.

CHAPITRE II

« Ils arrivent, s'installent, se multiplient. Et rien ne leur convient. Ils veulent la perfection, mais la perfection est seulement une image un peu floue qui s'agite au fond de leur esprit. Et ils rebâtissent tout, remodèlent tout pour arriver enfin au monde idéal de leurs rêves. Chaque fois...

« Ils sont comme un enfant malhabile qui essaie de créer un objet. L'enfant imagine quelque chose de merveilleux, fruit idéal de ses désirs. Mais ses gestes sont approximatifs et hésitants, il n'arrive pas à traduire sa pensée, et seule une masse informe sort de ses mains. Il délaisse alors le travail entrepris, jusqu'au moment où il aura à nouveau envie de réaliser une œuvre parfaite. Et à nouveau, il gaspillera la matière brute sans jamais atteindre le but espéré.

« Ils sont semblables à cet enfant, pleins de rêves d'absolu et d'idéal, mais gauches et maladroits. Sur chaque planète qu'ils découvrent, ils veulent bâtir leur paradis, et font un enfer.

« Quand donc l'univers sera-t-il débarrassé du fléau humain ? »

Un germe de folie
Ozan Rimith

Depuis plus de deux heures, Sarim suivait son guide à travers le dédale des rues marchandes, au milieu de la foule bigarrée de la ville d'Orus. Le Sashivas n'en était pas à son premier voyage dans la métropole géante, mais chaque fois qu'il revenait ici, sa fascination était toujours intacte.

Orus n'avait rien d'une cité ordinaire figée par la matière morte de ses constructions. Orus vivait, semblable à une énorme tumeur rongeant la planète qui la portait, s'étalant comme une masse cellulaire monstrueuse et vorace, remaniant sans cesse sa propre substance, pourrissant et se nécrosant en son centre comme un organe gangrené pour laisser la place à de nouveaux tissus, plus vigoureux, plus avides, qui, à leur tour, proliféreraient à l'infini.

Sarim avait atterri sur le même spatioport que lors de son dernier voyage, le numéro neuf, le plus récent, construit loin à l'extérieur de la cité. Mais lorsqu'il avait pris une navette rapide pour se rendre vers le centre d'Orus, il avait traversé un paysage totalement différent de celui qu'il avait vu seize mois auparavant. Les étendues herbeuses de la grande steppe entourant la ville avaient fait place, autour de la ligne desservant le spatioport, à une nouvelle banlieue-champignon s'étalant jusqu'aux limites de l'horizon. La navette traversait désormais un gigantesque bidonville qui s'était greffé sur la grande ceinture de la métropole.

Depuis la dernière venue de Sarim, des centaines de milliers de nouveaux immigrants s'étaient installés à Orus. Pour payer leur voyage dans la soute d'un vaisseau-cargo, ils s'étaient dépouillés de tous leurs biens, et on leur avait abandonné les étendues arides encerclant la cité, car c'étaient des terres sans valeur. Ils y avaient construit leurs demeures, utilisant des matériaux issus des monstrueuses décharges qui proliféraient sur le pourtour de la ville, augmentant encore la surface du grand bidonville qui enserrait Orus, le Favel-Tarok, monde-poubelle où la métropole déversait ses ordures et où l'univers des hommes rejetait ses parias.

Sarim avait observé avec effroi et dégoût l'incroyable amoncellement de métal, de plastique, de toile et de torchis au milieu duquel grouillait la foule des nouveaux habitants de la cité tentaculaire. Habitué à la géométrie rigoureuse des constructions sashivas, aux arcades puissantes, à l'architecture carrée, aux artères larges et nettes de sa planète natale, il ressentait l'existence du Favel-Tarok comme une aberration.

Des carcasses de vaisseaux spatiaux de toute catégorie, des containers éventrés, des débris de véhicules divers formaient la trame de la banlieue-bidonville. Sur ce fatras métallique venaient s'appuyer d'ingénieux bricolages : poutrelles tordues, câbles de plastacier ou cordes d'herbes tressées au bout desquels se balançaient des plates-formes de tôle aux formes torturées ; bâches de toile et de plastocell faseyant au vent ; invraisemblables entassements de déchets cimentés au torchis, dont l'assemblage contre nature érigeait d'immenses immeubles-décharges.

Le Favel-Tarok était un inextricable réseau de taudis, sans aucune avenue décelable. Canalisations de tout diamètre, de celles laissant juste le passage à un enfant à plat ventre jusqu'aux énormes buses dans lesquelles un homme pouvait se tenir debout, passerelles métalliques, ponts de cordes, poutres, câbles, tout cela reliait entre elles les milliers de demeures d'ordures du grand bidonville, engendrant quelque chose de gigantesque et de répugnant, semblable à une monstrueuse toile d'araignée sur laquelle on aurait déversé le contenu de quelque colossale poubelle.

C'était la demeure polymorphe, envahissante, mais unique et indivisible de la communauté du Favel-Tarok, secte de rats humains. Ils étaient arrivés dans les cales de vaisseaux-cargos, comme des rats, et comme des rats, ils vivaient parmi les déchets. Ils avaient oublié la pitié, ce luxe des gens repus, et pour une miette de nourriture, ils se battaient férocement ; comme des rats. Mais tous partageaient en frères un même trésor fabuleux, l'espoir de sortir un jour du Favel-Tarok pour accéder à la vie de la cité. Car à Orus, tout était possible. Le pauvre pouvait devenir riche, le faible puissant, le paria respecté. Cette seule croyance attirait des millions d'étrangers, sans avenir sur leur monde, espérant devenir ici l'égal de ces personnages de légendes, sortis comme eux de la fange, et qui détenaient désormais plus de pouvoir qu'un roi.

Comme tous les Sashivas, Sarim avait l'esprit extrêmement pratique, rationnel, et jugeait tous ces gens qui se nourrissaient de songes fous ou imbéciles. Mais, fils de marchand aisé, il ignorait ce que signifiait un horizon bouché par la misère, une vie tracée d'avance, dure et insipide, où le rêve est la seule forme de plaisir et d'émerveillement. Comme il existait un endroit dans l'univers où ce rêve pouvait peut-être rejoindre la réalité, tous ceux dont l'esprit n'était pas encore tué par les habitudes et le corps usé par le travail, tous ceux-là s'y précipitaient dans l'espoir d'y vivre leurs songes tout éveillés.

Cet endroit, c'était Orus.

Malgré son habitude du Kalam-Zaroun — la grande boutique — comme l'appelaient les Sashivas, Sarim supportait mal cette ville, qui l'étonnait toujours mais ne lui plaisait jamais. Ce qui l'éprouvait le plus à chaque voyage, c'était le moment où la navette longeait inévitablement un des oroukous du Favel-Tarok, ces grands collecteurs du bidonville, charriant toutes ses ordures, toutes ses déjections, tous ses rebuts.

« N'sirah al n'sirah ! — le déchet du déchet ! », marmonnait le Sashivas chaque fois qu'il contemplait un de ces formidables fleuves de boue, de fiente et de détritus, larges de plusieurs centaines de mètres, alimentés par le réseau infini des rigoles de lisier s'insinuant entre les habitations du Favel-Tarok. Ces caniveaux bourbeux étaient d'ailleurs les seules limites décelables entre les amoncellements hétéroclites qui constituaient les différentes maisons.

Là pataugeait une foule dense, citoyens étiques et sales du grand bidonville, et d'autres encore grouillaient au-dessus du sol, empruntant les passerelles, les poutres et les ponts de cordes, s'accrochant aux câbles, rampant dans les canalisations, afin d'aller plus vite et de progresser au sec. Il y avait là des hommes de toutes les races peuplant l'Univers, mais rien ne banalise tant les êtres que la misère, et les origines de chacun étaient difficiles à déceler. Tous avaient les mêmes haillons rendus grisâtres par la crasse, la même allure furtive et empressée, le même regard craintif et avide.

Cette foule épaisse, grouillante et criarde, était agitée en permanence par deux courants contraires, l'un jetant sur la ville les flots sales et bruyants de tous ceux qui partaient mendier, voler, fouiner, supplier, chercher, ceux dont une étincelle d'espoir éclairait encore les yeux, et l'autre, ressac de misère et de honte, ramenant vers les taudis fangeux ceux dont le poids de l'échec courbait le dos. A ceux-ci, le sommeil dans le sein du Favel-Tarok apporterait des rêves et une énergie nouvelle, et ils repartiraient le lendemain à l'assaut de la cité, comme si la monstrueuse décharge, pour compenser le dénuement matériel qu'elle imposait à ses enfants, les avait abreuvés à profusion du lait de l'espérance.

Sarim s'était senti soulagé lorsque la navette avait quitté le grand bidonville pour atteindre la deuxième ceinture d'Orus, son autre banlieue: Asam-Tarok. La transition était rapide et brutale. En quelques centaines de mètres, les masures se faisaient moins denses et laissaient place à un terrain vague au bout duquel émergeait un colossal chantier de construction. Entre les deux banlieues, Orus était toujours en travaux. Seul l'endroit changeait, Asam-Tarok gagnant sans cesse sur la cité-poubelle, qui elle-même s'avançait toujours plus dans la steppe.

A chaque traversée du grand chantier, Sarim pensait à la construction des demeures de sa propre planète, au mouvement parfaitement planifié et contrôlé des machines-robots, à l'ordre avec lequel étaient stockés et disposés les matériaux, au déplacement régulier des grues volantes et des rayons porteurs, dressant avec une obstination de métronome les murs des grandioses cités sashivas. En comparaison, l'édification d'Asam-Tarok se présentait comme un indescriptible chaos, et le petit homme de Sashra-Zinki ne pouvait s'empêcher de sourire chaque fois qu'il revoyait ce spectacle.

Une foule composite où se mêlaient coolies, manœuvres, androïdes spécialisés et badauds de toutes sortes s'insinuait entre les charpentes gigantesques des futurs immeubles, au mépris des règles de sécurité les plus élémentaires. Au-dessus du sol, des myriades d'aéronefs de contrôle, des blocs de pierre ou de métal sur rayon porteur, et des grues volantes dont l'énorme chargement ballottait sous le ventre se croisaient en tous sens à une vitesse ahurissante.

Malgré le mépris de l'homme civilisé devant pareille anarchie, Sarim était fasciné par les dimensions du chantier ceinturant la ville sur des centaines de kilomètres, et surtout par le fait que cette invraisemblable cohue fonctionnât aussi bien et produisît des résultats aussi spectaculaires. Asam-Tarok poussait comme les fleurs dans la steppe de Sashra-Zinki après les pluies de printemps.

Le grand chantier d'Orus était une fourmilière humaine. Au premier regard, on n'y voyait qu'une foule prise d'une sorte de folie collective, où chacun courait de tous côtés sans se préoccuper des autres. Mais le but fixé par la collectivité était toujours atteint avec une promptitude stupéfiante.

Après le chantier se dressaient les premières tours achevées de la moderne Asam-Tarok. Pour Sarim, ce quartier ressemblait moins à une ville qu'à une forêt de pierre, de métal, de plastacier, de verre, de béton et de cristoplast. Des immeubles de cinq à huit cents mètres de haut, à section ronde, ovale, quadrangulaire ou polygonale, droits ou à gradins, avaient poussé là, denses et drus comme les tiges d'un champ de céréales avant la moisson. Mais l'ordonnance et l'homogénéité d'une terre cultivée étaient absentes ; aucune plante ne ressemblait à sa voisine.

Asam-Tarok était une jungle pétrifiée. Les tubes

transparents dans lesquels glissaient les navettes urbaines formaient une trame compacte reliant les hautes tours entre elles. En traversant la moderne banlieue d'Orus, entre les surfaces de verre poli, les angles vifs de métal et les blocs de pierre démesurés, dans un silence glacé et oppressant, on éprouvait la sensation étrange que Asam-Tarok n'était que la monstrueuse concrétion minérale d'une planète morte, froide et inhumaine.

Puis venait Oroum-Golok. Les peuples de toutes les galaxies s'étaient accordés à utiliser le nom donné dans les légendes krüses au démon de l'apocalypse, hybride gigantesque d'arachnide et de pieuvre, entité mythique qui surgirait un jour des profondeurs du néant pour dévorer l'univers des hommes. A Orus, Oroum-Golok désignait la station ultime, le dernier bastion d'Asam-Tarok, le lieu où arrivaient toutes les navettes, où aboutissaient toutes les lignes provenant des spatioports et de la banlieue.

Sarim connaissait les représentations que faisaient les Krüses de l'épouvantable divinité qui un jour engloutirait le monde, et chaque voyage au Kalam-Zaroun lui permettait de comprendre mieux pourquoi tous avaient fini par accepter le nom d'Oroum-Golok pour désigner l'immense gare de la cité géante. Des centaines de tentacules de plastocell transparent convergeaient vers neuf énormes bras de pierre, larges de trois à quatre kilomètres sur vingt de long, qui rayonnaient en étoile depuis un corps monstrueux, aux dimensions et aux formes ahurissantes, céphalothorax de roche et de métal couvert de pustules de plastacier, gorgé des milliers de vies avalées chaque minute.

Après Oroum-Golok commençait un autre monde.

Ce n'était plus les banlieues, Favel-Tarok et Asam-Tarok, déroutantes pour l'étranger mais qui formaient un trait d'union avec le reste de l'univers. C'était l'unique, l'impensable, la délirante, ville-monstre, ville-égout, ville-termitière : Orus.

L'immense gare constituait l'aboutissement, la fin de toutes les lignes de transport officielles et organisées. Au-delà débutait la jungle urbaine.

Sarim avait retrouvé son contact à l'endroit prévu, et l'Orusien lui avait indiqué où l'attendait son guide, celui qui devait le conduire au cœur de la métropole, auprès de la seule personne capable d'acheter ce que le Sashivas voulait vendre.

Et maintenant, le jeune financier se frayait un chemin au milieu de la foule agglutinée dans les rues, les yeux fixés sur la nuque épaisse du gros homme qu'on lui avait envoyé. Sarim était incapable de deviner de quel monde était originaire son guide. La structure massive de l'homme évoquait un Oglouk, mais il était trop petit pour appartenir à ce peuple. De plus, il était chauve et imberbe, alors que les Oglouks possédaient toujours une abondante pilosité. Le petit Sashivas avait aussi envisagé la possibilité qu'il fût un indigène d'Orus, mais son corps gras et pâle était bien différent de celui de l'Orusien moyen, sec et bronzé.

Son équipement était également étrange. Il portait une armure intégrale de cristacier, pièce essentielle de la protection des soldats, mercenaires et aventuriers de toute sorte. Sarim lui-même ne se rendait jamais au Kalam-Zaroun sans revêtir une armure d'excellente qualité, invulnérable aux lasers portables, aux projectiles hypervéloces et aux lances thermiques légères. La seule arme individuelle pouvant venir à bout d'une carapace de cristacier, c'était l'arme blanche taillée dans un cristal Gaïnkish, ces pierres très rares d'une dureté incomparable, nées du refroidissement incroyablement lent du magma de certaines planètes extérieures de l'Univers.

Un Gaïnkish permettant la fabrication d'un poignard tel que celui du Sashivas valait une petite fortune. Les hommes qui avaient les moyens d'acheter une bonne armure et une lame de cristal étaient rares ; ceux capables de manier efficacement l'arme blanche l'étaient encore plus. Soldats d'élite des peuples centraux ou mercenaires des mondes barbares, ils formaient une caste privilégiée difficilement accessible. Ils étaient les vrais seigneurs de l'univers des hommes, les détenteurs de la force, les dépositaires de toute la violence du monde. Ils possédaient le droit de mort sur l'espèce tout entière.

L'art du combat avait ses écoles dans toutes les

galaxies. De grands maîtres enseignaient la technique du poignard, arme la plus répandue. Les Balroogs étaient les plus habiles à la lance, et les Oglouks préfèraient la masse ou la hache. Mais tous les instruments de mort qu'il était possible de tailler dans un petit cristal de roche avaient jailli de l'imagination humaine, engendrant autant de façons de se battre, jusqu'à celle des Kreels qui, disait-on, tuaient sans apparemment utiliser d'arme.

Le gros homme qui accompagnait Sarim tenait une hache à la main droite, manche de plastacier légèrement incurvé au bout duquel était fixé un Gaïnkish carré, au bord affûté et tranchant. De tels objets étaient rares, à part entre les mains des Oglouks. Mais le plus étrange, c'était que le guide de Sarim ne portait pas de casque. Le Sashivas avait pu aisément détailler son visage empâté, aux traits lourds, son crâne épais et chauve, son cou massif. S'il était dépourvu de heaume enveloppant, pièce essentielle d'une armure intégrale, le gros homme avait accroché à son bras gauche un bouclier rond en cristacier, dont l'intérêt parut très discutable à Sarim, étant donné qu'une bonne cuirasse protégeait son utilisateur contre toutes les armes individuelles classiques.

Mais tandis qu'ils s'avançaient dans la ville d'Orus, le Sashivas oubliait l'étrangeté de son compagnon, captivé par tout ce qui l'entourait. Ils arrivaient maintenant au cœur de la cité, là où le Kalam-Zaroun devenait véritablement différent des autres villes de l'Univers.

La plantation pétrifiée de Asam-Tarok semblait ici être en proie à une horrible maladie, comme si ses pousses se couvraient de vermine pustuleuse. Plus les deux hommes s'éloignaient de la banlieue moderne, plus l'aspect des grands immeubles se modifiait. Les façades se faisaient moins brillantes, puis sales et souvent détériorées. Les toits en terrasse se couvraient de constructions diverses, depuis les petites cahutes de pierre et de boue séchée jusqu'aux édifices imposants de verre et de métal occupant tout le sommet de certaines tours.

Au fur et à mesure qu'ils progressaient vers le centre de la ville, l'étrange tumeur qui rongeait les immeubles en changeait de plus en plus l'aspect. Les murs des grandes bâtisses disparaissaient sous des maisons parasites, collées contre eux comme d'énorme nids d'hirondelle. D'innombrables ponts et passerelles traversaient le vide entre les tours devenues de bizarres amoncellements de masures, et les plus larges de ces arches se couvraient elles-mêmes d'habitations. Au sol, des constructions de toutes tailles et de tous aspects s'insinuaient entre les troncs malades de la forêt pétrifiée, réduisant les grandes avenues à de tortueuses ruelles. De misérables taudis semblables à ceux du Favel-Tarok y côtoyaient de véritables palais, aux colonnades de métal ou de pierre, aux dômes de cristal, aux arches de verre, adossés aux tours géantes ou suspendus au-dessus du sol entre deux d'entre elles.

Les architectures de tous les peuples de l'Univers

étaient représentées à Orus. Au détour d'une ruelle, on voyait parfois se dresser au-dessus des cahutes de torchis les minarets élancés des Fabériens, translucides et argentés, avec leurs arcs-boutants d'acier brillant. Les palais-champignons des Thorgs, larges plates-formes de roc reposant sur une épaisse colonne centrale, côtoyaient les pyramides à gradins des Maraquendis et les bulles de plastocell agglutinées en grappes où vivaient les Kendars. Sarim avait également remarqué de nombreuses demeures sashivas, aux épais socles de pierre ornés de bas-reliefs.

Le grouillement des habitants de la métropole était oppressant. Il fallait jouer des coudes pour avancer au milieu de la foule compacte, mais heureusement pour Sarim, la corpulence de son guide lui évitait d'être trop bousculé. Les rues étaient combles, les passerelles tendues au-dessus du vide débordaient de monde, et le Sashivas avait même l'impression de sentir une vie souterraine s'agiter sous ses pieds. Orus, la ville-monstre, n'était pas une mais trois.

Koroum-Tarok était la cité du sol, celle des marchands de choses communes, riches vêtements de Pazad-Lühn tissés par les mains habiles des femmes tindaris, armures et boucliers forgés dans tous les alliages connus de cristacier, le gris des artisans de Rinaël, le bleu de Faminor, le blanc de Korometh et le plus réputé, le métal noir de Mingol. Il s'y vendait aussi des nourritures étranges et des potions aux pouvoirs divers, potions de force ou de guérison, aphrodisiaques, potions de sommeil ou philtres de résistance pour rester éveillé une semaine entière.

On y trouvait des animaux provenant de toutes les planètes de l'Univers, des objets précieux et des fourrures, des androïdes, des parfums, des bijoux, des femmes à tous les prix et de toutes les provenances, Fabériennes aux yeux gris et aux cheveux dorés, longues et souples, celles de Korometh à la peau brune et aux lèvres charnues, Sarkoïs petites et gracieuses, et Sarim reconnut avec dégoût des Sashivas que l'on vendait comme du bétail.

Les commerçants de Koroum-Tarok proposaient aussi des armes, lasers découpant les chairs comme un scalpel, lances thermiques projetant du gaz liquide enflammé sous haute pression, fusils à balles hypervéloces crachant trois cents projectiles par seconde, matériel redoutable contre les hommes non protégés mais inefficace sur les armures de cristacier. Il y avait aussi les armes nobles, aux lames de Gaïnkish, poignards, lances, haches, épieux, et des ringüls, longs canons servant à lancer des flèches autopropulsées par une fusée, dont la pointe en cristal pouvait percer une armure jusqu'à cent pas.

Les étages supérieurs des tours, les demeures perchées sur les terrasses, les maison-nids agglutinées contre les murs, les bâtisses édifiées sur les ponts ou accrochées en dessous d'eux formaient Iman-Tarok, la cité des airs. Là, on ne trouvait ni étalages chargés de fruits et d'épices, ni marchands vantant la beauté des esclaves ou la qualité des armures, ni vendeurs déployant leurs étoffes. Dans la cité d'en haut s'échangeaient des valeurs bien plus importantes, mais les objets des tractations n'étaient pas présents ou étaient impalpables. On pouvait y acquérir, pour des millions de yariks, un vaisseau de première catégorie ou une cohorte de mercenaires uktuhls. Celui qui désirait modifier son apparence ou celui qui voulait la disparition d'un ennemi trouvait satisfaction dans l'Iman-Tarok. Là changeaient de mains parts et actions de nombreuses entreprises d'Orus et d'ailleurs ; là se prenaient des décisions mettant en jeu des milliers d'hommes et des milliards de yariks ; là se trouvait le cœur de l'univers.

Enfin il y avait Morg-Tarok, la ville d'en dessous, que les Sashivas appelaient Shuri-Zinkül, la cité des rats, mais qui était surtout connue par le nom que lui avaient donné les Balroogs, Gaurothrol, dans leur langue un des mots servant à désigner l'enfer. Un immense dédale de souterrains s'étendait sous la vieille ville, des milliers de kilomètres d'égouts, de canalisations d'eau, de tunnels de conduction pour l'air pulsé et les fibres optiques. La vie y grouillait, bêtes immondes se repaissant des déchets de la mégalopolis, espèces adaptées à ce monde putride et sans soleil : petits sauriens mangeurs de détritus, à la peau grise et aux yeux énormes, blattes géantes grosses comme un bras d'homme, rats monstrueux, glabres, dont les incisives ressemblaient à des crocs. Morg-Tarok était chaude, humide, et l'air qu'on y respirait était empesté.

Pourtant, le plus fabuleux marché de l'Univers s'y était installé. Dans les sous-sols des grands immeubles, sur des plates-formes construites dans les égouts, dans les caves creusées sous les habitations, partout où la place était suffisante, le grand souk de la ville d'en dessous avait dressé ses boutiques, éloignant les créatures de Gaurothrol vers les zones les plus sombres et les plus étroites du labyrinthe. On venait à Morg-Tarok pour acheter ce qui ailleurs était introuvable ou interdit, choses étranges, redoutables et maléfiques.

Beaucoup faisaient le commerce des sept drogues: Thyriül, poudre bleue extraite de la sève d'un arbre tindari, au goût amer, qui donnait le calme et l'oubli; Dorak, feuilles séchées que fumaient les Uktuhls lors de leurs sanglantes cérémonies, pour se plonger dans une transe furieuse et enivrante; Fazireh, liquide doré issu du venin d'un insecte, que les Kalindos s'injectaient dans les veines pour vivre des rêves fabuleux dont on disait que ceux qui les avaient connus une fois ne pouvaient plus s'en passer, si bien que cette drogue était particulièrement demandée; Gal-Idanki, champignon mauve des forêts de Zagrid, qui procurait une énergie dévorante; Shayuzi, miel des abeilles de Faber dont l'odeur âcre effaçait la peur et les angoisses; Korofel, fait des racines d'un arbuste, que mâchaient les Sarkoïs pour multiplier la jouissance sexuelle et dont chaque gramme valait mille yariks ; Epugu Ikoda, la plus rare, poudre d'écorce que brûlaient les Kreels lors de leurs chants rituels pour acquérir lucidité et harmonie de la voix avec l'esprit.

On y trouvait aussi les marchands de Naugrods — les morts-vivants — appelés aussi Shad-Zooris par les Orusiens, ce qui signifiait vie sans âme. Ces esclaves soumis à un long conditionnement, une irréversible désagrégation de la personnalité, étaient payés très cher par toute sorte d'utilisateurs. Des injections de neuroleptiques puissants antagonistes des substances indispensables à la manifestation de la volonté, et des destructions localisées du cortex cérébral, transformaient n'importe quel homme ou femme en poupée animée. Pourvu qu'un client eût suffisamment de yariks, il pouvait se procurer un garde du corps complètement détaché de sa propre existence, un serviteur d'une obéissance absolue ou un partenaire sexuel totalement soumis.

On racontait que de riches seigneurs peuplaient leur palais de ces êtres-objets, régnant sur une maisonnée de morts-vivants destinés à subir leurs caprices et assouvir leurs désirs de maniaques désœuvrés. Les esclaves, ayant perdu la liberté de leur corps, étaient considérés comme la lie de l'humanité ; les Naugrods, privés de la liberté de leur esprit, étaient des parias parmi les esclaves. Ils attiraient la haine parce qu'ils étaient différents, parce qu'ils étaient le symbole de la déchéance des hommes, leur déchéance propre de pauvres pantins sans désirs ni passions, et surtout la déchéance de cette société qui les avait créés, eux les Shad-Zooris, eux l'abomination.

Les marchands de philtres, eux aussi, avaient choisi la pénombre de Morg-Tarok pour vendre leurs mystérieuses préparations, potions de vie et de jeunesse gardant la vigueur aux muscles et la clarté aux pensées pendant de nombreuses années, poisons foudroyants tuant par inhalation ou par contact, liqueurs de divination multipliant les facultés d'analyse de façon prodigieuse l'espace d'un instant. Ces mixtures étranges, dont les secrets de la composition étaient jalousement gardés, n'avaient rien de commun avec les banals mélanges médicamenteux proposés pour quelques dizaines de yariks sur les étalages de Koroum-Tarok ; leur prix et leur puissance étaient incomparablement plus grands. Quant à leur utilisation, elle était infiniment plus dangereuse.

La ville d'en dessous était le royaume des choses sombres, maudites, dont beaucoup ne connaissaient l'existence qu'à travers des légendes chuchotées avec une crainte superstitieuse.

De tous les commerces de Morg-Tarok, un seul n'était pas voilé de l'ombre inquiétante des plaisirs interdits et des envies corrompues, un seul était jugé par tous noble et pur, puisque l'esprit des hommes trouve plus de noblesse et de pureté dans ce qui donne une belle mort que dans ce qui procure une vie méprisable. Car dans les salles obscures de la cité des rats, on vendait aussi des armes de Gaïnkish, issues de pierres magnifiques, d'une taille incroyable, pour lesquelles des princes fortunés acceptaient de payer le prix d'un vaisseau spatial, d'un palais, ou d'une armée de mercenaires.

Dans les mines des planètes extérieures, parmi des milliers de cristaux ordinaires de la grandeur d'une main, tels ceux qui servaient à la fabrication des poignards, des haches et des lances vendues à Koroum-Tarok, on trouvait parfois des Gaïnkishs énormes et sans défaut, d'unc valeur inestimable. Ils étaient confiés aux meilleurs artisans, tailleurs de Sidarth-Rondaïl, dans un des royaumes fabériens, ou de Marid-Dorth, au cœur de l'empire thorg. Il leur fallait plus d'une année pour concevoir une arme, en calculer les formes, en déterminer les angles et modeler la roche brute au jet de plasma suraccéléré.

Les hommes les plus riches de l'Univers venaient dans les boutiques obscures du marché souterrain d'Orus admirer le résultat : haches à double tranchant, lourdes, épaisses, larges comme une poitrine d'Oglouk ; fourches de combat en croissant de lune à la courbe affûtée, blanches cornes de taureau ; hallebardes aux formes compliquées, hérissées de pointes et de lames ; faux de combat, masses à quatre becs, guisarmes, voulges et pertuisanes, autant de crocs et de griffes à déchirer le métal et la chair, mâchoires voraces de cristal translucide avides de se teinter de sang.

Et enfin, au-dessus de tous ces joyaux de mort, il y avait les épées. Elles étaient excessivement rares, fort peu de Gaïnkishs étant assez longs pour en permettre la taille. Chacune avait un nom, ou plusieurs dans différentes langues, et certains guerriers leur vouaient un culte fanatique, adorant une arme célèbre comme ils l'auraient fait d'un dieu. Seules trois roches possédaient les qualités nécessaires à la fabrication d'une épée : Imrül, pierre noire des hautes-terres des Harriks, qui fendait le cristacier comme du bois vert ; Narok, cristal rouge de la lointaine Igri-Tündul, aux confins du cosmos, où fut trouvé le plus gros de tous les Gaïnkishs dans lequel les tailleurs de Sidarth-Rondaïl façonnèrent les sept épées des sept rois fabériens ; et Baurogorth, aux reflets étranges, tour à tour gris, verts ou bleus, la matière la plus dure de l'Univers. Les plus fabuleuses de toutes ces armes étaient les grandes épées à deux mains. On n'en connaissait que huit, et le moindre des mercenaires savait l'origine de chacune, les cinq noires, les deux rouges, et l'unique de Baurogorth, pour laquelle un prince sashivas avait vendu sa planète.

Sarim et son guide se trouvaient en plein cœur du marché de Koroum-Tarok. Le grouillement de vie dans lequel ils étaient plongés depuis des heures donnait la nausée au jeune homme, bousculé de tout côté, compressé par les mouvements de foule, ballotté par le flux multicolore qui bouillonnait entre les boutiques du Kalam-Zaroun.

Mais après ce calvaire, ils s'engagèrent dans des ruelles plus étroites et moins fréquentées. Le Sashivas se sentit d'abord beaucoup mieux, car il pouvait respirer librement. Puis après quelques minutes passées dans le labyrinthe tortueux et sale où l'entraînait l'étrange gros homme, il lui sembla qu'un lacet invisible lui comprimait la trachée, et son corps se couvrit de sueur. Il venait de remarquer le changement qui s'était produit parmi les gens qu'ils croisaient.

Tant qu'ils étaient restés au milieu des étalages de Koroum-Tarok, Sarim n'avait vu que les robes rouges ornées de galons dorés, surmontées des visages familiers à la peau brune et aux cheveux noirs des habitants de sa planète, les tuniques légères des Thorgs, découvrant leurs membres courts et musculeux, les toges immaculées des grands Fabériens, sur lesquelles ruisselait leur merveilleuse chevelure dorée, les tenues compliquées aux teintes délicates des Kalindos, les djellabas bariolées des Tindaris, somptueusement brodées, les combinaisons moulantes des Kendars et tous ces habits, tous ces visages que l'on rencontrait chez les peuples du centre, ceux de Zagrid, de Rinaël, de Maraquendi et d'autres encore, toutes ces silhouettes rassurantes des gens laborieux et paisibles qui peuplaient les quatre alliances. Mais ceux-là avaient maintenant disparu.

Sarim eut l'impression d'avoir basculé dans un autre monde. Il vit des Uktuhls, longs et maigres, aux jambes et aux bras démesurés, enserrés dans leurs armures noires, grandes araignées humaines ; puis des Sarkoïs, petits, replets, blonds et roses, aux gestes de chats, toujours une main sur leur arme ; et de terrifiants Balroogs, ces géants aux épaules formidables. Dans l'ombre, il devinait, ressentait la présence des autres, tous ceux des mondes sauvages, barbares venus des planètes aux limites de l'Univers.

Par terre, le dallage des rues commerçantes avait fait place à une boue noirâtre où serpentaient des rigoles charriant les immondices de cet étrange quartier d'Orus. Les ruelles étaient si étroites que l'on avait l'impression que les empilements de masures se touchaient presque à leur faîte, et la lumière du soleil filtrait à grand-peine jusqu'au sol. Des ombres furtives glissaient le long des murs, et Sarim reconnut des rats, de cette espèce mutante et téméraire issue des déchets de la civilisation humaine. Les passants étaient devenus très rares. Tous étaient couverts d'armures de cristacier, tous arboraient ostensiblement leurs armes, et tous portaient dans leurs yeux l'inquiétante lueur de mort des sanguinaires guerriers des mondes barbares.

Ils étaient arrivés au centre de la mégalopolis, dans la cité interdite, là où le petit Sashivas n'avait jamais osé aller auparavant. C'était ici que vivaient, disait-on, les vrais maîtres de la ville, retranchés dans leurs palais-forteresses, perdus au milieu d'une population de pillards et de tueurs cruels des planètes extérieures qui se regroupaient en hordes de même race possédant leurs uniformes, leurs insignes, leurs rites et leurs lois, hérités des coutumes de leurs mondes d'origine ; se battant entre eux pour défendre leur territoire avec plus de rage que ne l'auraient fait des fauves, subsistant grâce au vol et au meurtre, ils attendaient qu'une quelconque guerre leur procurât la seule besogne pour laquelle ils avaient du goût : tuer.

Une peur intense avait pris possession de Sarim. Seul un formidable appât du gain, l'espoir d'obtenir une somme colossale, et peut-être aussi une étrange fascination qu'exerçait sur lui le gros homme silencieux qui le guidait à travers Orus depuis Oroum-Golok, l'empêchaient de rebrousser chemin et de s'enfuir vers la lumière et la cohue du grand marché.

Ils venaient de tourner dans un passage particulièrement sombre, lorsque trois immenses silhouettes se dressèrent devant eux, armures grises, heaumes ornés d'ailes et de cornes ouvragées, statures de colosses. Sarim reconnut des Balroogs. Celui de gauche pointait sur eux un laser à haute puissance, les deux autres étaient équipés de lances, arme favorite de ce peuple dont les longs bras rendaient l'allonge plus redoutable. Le Sashivas se retourna d'un bond pour fuir, mais un homme de plus de deux mètres, en armure grise et armé d'une lance lui barrait le passage. Les yeux de Sarim se voilèrent, puis il eut l'impression de voir les maisons de Sashra-Zinki, et un enfant jouant dans un jardin : lui, des années auparavant... Le film de sa vie avait commencé à se dérouler dans son esprit.

CHAPITRE III

« La découverte du transfert de tachyons marqua le début d'une ère nouvelle. La diaspora humaine s'élargit à l'Univers, et, une à une, les planètes où la vie était permise furent colonisées. Confinée depuis des millénaires sur un monde trop étroit pour elle, l'espèce humaine se rua à la conquête du cosmos, où elle s'avéra être la seule forme de vie intelligente. Des hommes s'arrêtèrent dans les premières colonies pour y bâtir des mondes nouveaux, donnant naissance à des races distinctes, adaptées à leur milieu particulier, coupées des autres ethnies qui devenaient toujours plus différentes ; d'autres continuèrent une course sans fin, repoussant sans cesse les frontières de l'univers exploré.

« Mais même dans un espace sans limites, il y eut des peuples qui manquèrent de place, il y eut des conquêtes qui se payèrent de beaucoup de sang, et des empires virent le jour.

« Rien n'a changé. Les guerres déchirent toujours l'humanité, car aux rois, il importe peu de diriger un milliard, dix milliards ou cent milliards d'âmes. Ce qu'ils veulent, c'est qu'il n'existe pas un seul souffle de vie dans l'univers dont ils ne puissent dire :

« Il m'appartient ! »

Un germe de folie
Ozan Rimith

C'était par une nuit de printemps sur Singarthil, une de ces nuits où l'air chaud et lourd pèse sur la peau, tout chargé des épaisses senteurs des fleurs fraîchement écloses ; une nuit étoilée, tranquille et douce comme un corps de femme, où tout invite à lever les yeux vers le ciel pour rêver d'amour et de quiétude.

Et pourtant, à Singarthil, planète de la frontière du royaume fabérien du monarque Eremaül IV, on préparait la guerre. Des navettes chargées de troupes formaient une colossale noria entre les vaisseaux géants en orbite stationnaire et le spatioport de Minraï ; autour de la ville, la vallée s'était emplie des armées rassemblées là par le grand roi. Lorsque tous ses soldats seraient réunis, Eremaül les ferait embarquer sur sa flotte de combat pour donner l'assaut à Tyrion, objet d'une incessante querelle avec l'empereur des Thorgs, à ce jour occupée par ses soldats et gouvernée par un de ses cousins. Des troupes débarquaient constamment à Singarthil, une partie de l'armée fabérienne revenant juste d'une expédition punitive victorieuse contre des barbares moog-saïs qui avaient pillé la capitale d'une autre planète frontalière du royaume d'Eremaül. On attendait encore, avec impatience, le dernier contingent des mercenaires recrutés par le vieux monarque. Pour les payer, il avait dépensé toute sa fortune et s'était lourdement endetté.

Les chevaliers fabériens étaient logés dans Minraï même, ou campaient à ses portes. Les indigènes de Singarthil s'émerveillaient à chacun de leurs passages lorsqu'ils marchaient avec une lenteur solennelle le long des rues de la ville. Ils avaient de merveilleuses armures blanches magnifiquement ouvragées, sur lesquelles leurs lames de cristal rouge, qu'ils portaient nues à leur côté, faisaient comme de grandes traînées de sang. Leurs yeux tristes et gris étaient pleins de cette noblesse et de cette mélancolie de certains hommes des civilisations à l'agonie, possédant à la fois la fierté et la force données par des traditions millénaires, et la morne tranquillité des peuples sans futur. Leur bravoure et leur art du combat avaient fait la gloire de Faber, autrefois ; mais il en restait désormais fort peu qui venaient se battre. La plupart de ceux qui portaient le titre de chevalier étaient faibles, lâches et ignorants du maniement des armes. Leur seule habileté était de savoir pincer les cordes d'une harpe pour en tirer des sons harmonieux, de tracer des courbes élégantes au pinceau, à la plume ou au fusain, et de peigner leurs longs cheveux d'or pour confectionner la coiffure à trois mèches, symbole de leur rang. Ceux-là étaient restés à la cour. Les derniers vrais chevaliers du roi Eremaül pouvaient désormais se compter : ils étaient tous à Minraï.

L'essentiel de l'armée était formé par des mercenaires des planètes sauvages recrutés sous contrat à Orus. La somme nécessaire qui, disait-on, approchait le milliard de yariks, avait été prêtée par les banquiers sashivas, toujours prêts à aider ceux qui affrontaient l'empire thorg, devenu bien trop puissant au goût des autorités de Sashra-Zinki. Ils étaient des milliers à être venus des mondes extérieurs, ainsi nommés parce qu'ils se situaient aux limites de l'univers exploré, loin des planètes du centre dont les civilisations anciennes, riches et amollies n'avaient plus la vigueur nécessaire pour fournir à leurs rois et leurs princes des guerriers dont le nombre et la férocité auraient été à la mesure de leurs ambitions dévorantes. Une forte solde, et surtout la perspective du pillage de Tyrion, avaient attiré les hordes barbares qui s'engageaient aux côtés des Fabériens.

Au centre de la plaine avaient pris place des Oglouks qui, les premiers, avaient quitté leurs terres glacées pour prendre part à cette nouvelle guerre. Leurs tentes-bulles formaient un immense cercle au milieu duquel, toute la journée, ils fourbissaient leurs armes et s'entraînaient au combat. C'étaient des hommes massifs au dos large et rond, aux bras énormes, aux jambes courtes et puissantes. Nul autre peuple ne possédait des guerriers plus forts physiquement, et personne n'eût osé défier un Oglouk à la lutte, car leur étreinte pouvait broyer n'importe quel corps. Même les géants Balroogs étaient moins vigoureux. Leur formidable musculature disparaissait sous une épaisse couche de lard, et tous étaient gras et empâtés. Leur corps velu, leur crâne lourd aux arcades sourcilières saillantes, leurs mâchoires de fauves, conféraient aux Oglouks une allure étrange surgie de la nuit des temps. Ils habitaient un monde froid et sauvage qui avait seulement laissé survivre les hommes faits à son image. Et désormais, ceux des quatre alliances du centre, empire thorg, principautés sashivas, royaumes de Faber et seigneuries orusiennes, achetaient leurs services pour conduire des guerres que leurs peuples n'avaient plus la force ni le courage de faire.

Les Oglouks maniaient des armes pesantes, haches doubles et masses à quatre pointes, car ils aimaient faire étalage de leur force. Ils méprisaient les feintes, les esquives et les ruses de combat, toute cette habileté manœuvrière propre aux arts martiaux et qu'ils assimilaient à de la faiblesse. Il leur fallait écraser, défoncer, tout emporter par la puissance de leurs bras, sentir sous leurs armes éclater les crânes et craquer les poitrails, abattre l'ennemi comme un bûcheron abat un chêne, en frappant avec ardeur et obstination, éprouver dans leurs muscles la résistance du métal et de la chair broyés, et se couvrir de cette sueur agréable accompagnant la besogne rude et le travail bien fait. Les haches des Oglouks s'étaient trempées dans le sang de toutes les races de l'Univers, et chaque soldat craignait de les trouver face à lui au combat.

Ensuite étaient arrivés les Krüses. Ils ne possédaient pas la stature de brute des Oglouks, mais leur nom était redouté entre tous. Ils venaient d'encore plus loin, d'une des planètes perdues, appelées ainsi parce qu'elles étaient situées au-delà des limites répertoriées sur cartes des mondes habités, et que beaucoup ignoraient leur position exacte. On les connaissait mal, surtout par des rumeurs, des légendes effroyables qui parlaient de sacrifices humains et de repas de sang. Peu de soldats de l'armée d'Eremaül avaient déjà vu à quoi ressemblait un Krüse, aussi les Fabériens qui vinrent attendre l'arrivée des barbares sur le spatioport furent-ils nombreux.

Quant aux citoyens de Minraï, ils n'avaient cessé pendant des jours de colporter des histoires atroces sur l'aspect et les mœurs de ces mercenaires qui allaient bientôt surgir de la nuit cosmique. Ceux qui avaient entendu pour la première fois, à l'annonce de la nouvelle, le nom de Krüse, étaient les plus prolixes. On s'était regroupé, au coin des rues, devant les échoppes, chacun gesticulant et voulant parler plus fort que les autres pour donner son avis. Ceux qui étaient habiles à dessiner des formes avaient tracé dans la poussière, devant un public émerveillé et terrifié, des figures de cauchemar, puis, prenant un air sombre et tragique, ils les avaient commentées avec force détails. Certains, de nature craintive, avaient entassé des vivres et des réserves d'eau dans leur demeure, puis s'y étaient barricadés avec leur famille. Les plus astucieux avaient vendu pour des sommes exorbitantes des amulettes qu'ils avaient confectionnées, en garantissant qu'elles préservaient leur propriétaire des ondes maléfiques qui émanaient des Krüses et qui vidaient les hommes de leur énergie vitale, les rendant faibles, stériles et simples d'esprit. Sur les barbares, leurs coutumes, leurs armes, leur façon de se battre, leurs pouvoirs mystérieux, des dizaines de versions différentes avaient circulé à travers la ville. Toutes s'accordaient à présenter les mercenaires comme des êtres démoniaques, d'une laideur repoussante, avides de meurtres, de viols et de pillages, traînant avec eux quantité d'esprits invisibles, malfaisants et cruels ; chaque habitant de Minraï avait déclaré à qui voulait bien l'entendre que c'était folie d'accueillir de tels sauvages et que la prudence la plus élémentaire dictait de s'en tenir éloigné.

Pourtant, lorsque les premières navettes amenant les Krüses s'étaient posées sur Singarthil, la curiosité avait poussé une foule immense à venir regarder leur arrivée. Elle avait vu débarquer des hommes de taille moyenne, au visage émacié de guerrier-ascète, portant sur la poitrine, fixés à leur armure, deux poignards croisés. Ils avaient la peau jaune, et leurs cheveux, d'un noir profond, étaient coupés très ras. Les badauds avaient été déçus de ne pas voir les monstres effroyables qu'on leur avait promis, et ils s'étaient dispersés, se sentant quelque peu soulagés mais surtout terriblement frustrés. Toutefois, certains, postés aux premiers rangs, avaient pu voir rire des guerriers krüses, et ceux-là avaient compris que les fables colportées durant des jours dans toute la ville étaient loin d'égaler l'horreur de la réalité. Les mercenaires barbares n'avaient plus ni canines, ni incisives. A la place, on leur avait implanté d'effroyables crocs de métal, des lames triangulaires qui faisaient ressembler leur bouche à une gueule de requin. Parmi ceux qui avaient vu le rictus des Krüses, quelques-uns s'étaient souvenu de vieilles légendes racontant qu'ils buvaient le sang des vaincus pour prendre leur force et leur savoir, et ceux-là avaient passé une mauvaise nuit.

On attendait toujours les derniers des sauvages guerriers recrutés par Eremaül.

Enfin, ils arrivèrent.

Eux aussi venaient d'une planète perdue, dans une galaxie lointaine, un monde où la terre était noire, et noires étaient leurs armures en cristacier de Mingol, noir également le cristal Imrül de leurs poignards. Habiles à tendre des pièges et des embuscades, ils étaient très recherchés comme mercenaires, car ils avaient une grande expérience dans le maniement des ringüls et leurs flèches faisaient toujours mouche. Leur nom claquait comme une lame de Gaïnkish perçant le métal d'une cuirasse : Harriks. Ils étaient robustes et endurants, rusés et patients, courageux et impitoyables. Ils avaient un œil bleu et un œil rouge : lorsqu'ils atteignaient l'âge de treize ans, ils devaient se brûler un globe oculaire avec un tison ardent pour montrer leur indifférence à la douleur, et on leur plaçait une prothèse écarlate afin que chacun vît la marque de leur bravoure et sût qu'ils étaient dignes d'être des guerriers. Ils n'avaient peur de rien, ni de personne, mais tous les peuples du centre les craignaient. Plus que les Oglouks à l'aspect redoutable, plus que les Krüses et les légendes terrifiantes qui circulaient sur leur compte, les Harriks impressionnèrent la population de Minraï et les soldats fabériens. Ils avaient tous cette allure sereine et angoissante de guerriers allant au combat dans le plus grand calme et continuant, au milieu du carnage, de la fureur et du sang, à donner la mort tranquillement, en vieux habitués.

Lorsque, le dernier, le chef de la horde débarqua sur le spatioport de Minraï, son arrivée causa un émoi intense dans toute l'armée. Pendu à son cou oscillait un poignard à lame de Baurogorth, illuminant sa sombre armure d'étranges reflets glauques. Au côté gauche, le mercenaire portait une épée en cristal rouge, et bien des chevaliers fabériens crurent reconnaître Pajireth, l'arme des rois de Sirion, l'un des sept royaumes, voisin de celui d'Eremaül. Elle avait disparu lors du pillage de la planète mère vaincue par une coalition de princes sashivas, lorsqu'ils avaient lancé leurs mercenaires harriks contre Sirion, cinq siècles auparavant. On racontait que le chef des hommes des terres noires, un guerrier formidable qui se faisait appeler le Seigneur de la Guerre, s'en était emparé, après avoir massacré à lui seul les dix chevaliers d'élite chargés de la protection du roi et de la garde de l'épée sacrée. Nul n'avait plus jamais revu Pajireth, mais les chevaliers de Faber en connaissaient le moindre détail, car aux temps immémoriaux de la fondation de leur ordre furent taillées les sept épées pour les sept rois, dans le même bloc de Gaïnkish d'Igri-Tündul, toutes rigoureusement identiques. Ils n'en avaient vu que six, mais pensaient désormais que la septième était revenue. Accrochée dans le dos du hamam — ainsi nommaient les Harriks celui qui les dirigeait au combat —, pendait une immense épée noire, une arme à deux mains, de celles dont on ne connaissait que huit exemplaires. Le prix des trois cristaux aurait suffi à payer et équiper toute l'armée d'Eremaül, et à acheter les vaisseaux de sa flotte.

Et le soir, dans chaque maison de Minraï, dans chaque tente des Fabériens, des Oglouks et des Krüses, on ne parlait que du chef à l'œil rouge.

Les chevaliers du grand roi racontèrent l'histoire de la bataille de Faminor, au cours de laquelle leurs ancêtres avaient affronté l'empereur thorg Dragor Ier en un gigantesque combat qui avait sonné le glas des machines à tuer. Le récit s'était transmis de génération en génération, on en avait tiré des chants et des danses ; des tableaux illustraient cette lutte titanesque ; des poèmes louaient le courage et la force des chevaliers qui avaient vaincu l'empire. Pas un Fabérien de sang noble n'ignorait la moindre péripétie de cette bataille, la plus belle et la plus terrifiante de toute l'épopée des sept royaumes ; ceux qui étaient présents à Minraï la narrèrent, comme s'ils l'avaient eux-mêmes vécue, aux jeunes soldats de leur suite et à leurs hôtes de Singarthil, émerveillés et conquis par la splendeur de ce conte de bravoure et de mort. Ils parlèrent de la formidable phalange de robots blindés des Thorgs, muraille mouvante de mastodontes de cristacier surchargés de lasers à haute puissance, monstrueuse entité à broyer et à brûler les corps, gloutonne dévoreuse de vies humaines. Ils dirent comment leurs ancêtres avaient utilisé contre elle, pour la première fois dans l'histoire de la guerre, des missiles miniaturisés à tête nucléaire, infailliblement attirés par les colosses de métal comme des sangsues par le sang frais. L'ère des machines de combat géantes s'était achevée à Faminor dans un cataclysme de feu et d'acier en fusion, et avec elle les folles ambitions de Dragor Ier.

Pourtant, les chevaliers de Faber avaient failli perdre la bataille. Ce soir-là à Minraï, ceux qui écoutaient la terrible épopée de l'affrontement impitoyable qui avait jeté l'un contre l'autre deux peuples avides de puissance et de gloire frémirent en apprenant les exploits accomplis alors par un guerrier d'une force et d'une habileté démoniaques. C'était le chef suprême de toutes les tribus harriks à la solde de l'empereur des Thorgs, leur grand hamam, maître de leurs actes et de leurs âmes pour la durée de la guerre. Il avait pris la vie de plus de cent chevaliers fabériens, et ses soldats fanatisés par sa prouesse avaient été bien près de tout balayer devant eux dans un tourbillon sanglant. Jamais les acteurs de cette bataille n'avaient oublié la grande faucheuse noire, l'épée rouge et le poignard aux couleurs changeantes qui avaient déchiré la chair de tant des combattants alors les plus réputés de l'Univers.

Et tandis que la nuit tombait sur Minraï, les chevaliers fabériens conclurent leur histoire par les paroles que le terrifiant hamam avait hurlées lorsque les Harriks avaient dû faire retraite par-dessus les cadavres de l'armée thorg, ces paroles scrupuleusement transmises au fil des générations et que les survivants de Faminor avaient adjuré leurs descendants de ne jamais oublier : « Je suis le Seigneur de la Guerre, et tout le sang du monde ne pourra rassasier le cristal de mes armes ! »

Chez les Oglouks, on se souvenait d'un récit très ancien qui parlait d'un homme des terres noires, un homme à l'œil rouge, armé de trois Gaïnkishs fabuleux. C'était à l'époque lointaine où, las des étendues glacées de leur planète, les plus audacieux d'entre eux avaient commencé à convoiter les richesses des peuples du centre. Gurd, le grand fauve, s'était abattu avec toute sa tribu sur la luxuriante Zagrid. Six mois durant, ils avaient pillé et tué, grisés par la chaleur, la profusion des vergers aux arbres croulant de fruits, et la magnificence des demeures creusées dans les troncs géants de l'incroyable monde-forêt. Mais les Orusiens, pour les chasser de la plus belle de leurs colonies, avaient payé des mercenaires harriks, commandés par un hamam aux terrifiants pouvoirs. Seul, il avait affronté des dizaines de guerriers oglouks ; il s'était joué des haches des plus forts ; il avait crevé les vastes poitrines velues, tranché les bras puissants qui tentaient de l'abattre, défoncé les crânes épais, dansé sur les cadavres en vociférant comme un fou ; et il avait vaincu Gurd le colosse, plus massif qu'un ours, Gurd à la lourde massue, qui de ses mains nues pouvait broyer un crâne. Pour la première fois de leur histoire, les Oglouks terrorisés s'étaient rendus à l'ennemi.

Quant aux Krüses, leur excitation était encore plus grande. Parmi les plus âgés de leurs soldats, certains se rappelaient encore les déserts glacés de Golok-Shadir où le père de l'actuel empereur thorg avait défait la plus puissante coalition jamais formée : cinq des sept rois fabériens, neuf seigneurs orusiens, et les treize princes sashivas. L'infériorité numérique de l'armée de Dragor V était considérable, mais en général avisé, il avait fait venir de leur monde lointain des centaines de hordes krüses. A la fin de la bataille, tout avait cédé devant la barbarie des hommes aux crocs d'acier. Seuls les mercenaires harriks payés par Orus avaient résisté jusqu'au bout. Leur chef, un dément qui combattait en hurlant, avait fait des prodiges avec sa grande épée noire qui semblait bondir d'elle-même de corps en corps. Les Krüses s'étaient agglutinés autour de lui, voulant tous lui enlever la vie, s'emparer de ses trois cristaux Gaïnkish, un Baurogorth, un Narok et sa longue lame Imrül qui faisait voler les têtes, et tous voulant boire son sang, car sans nul doute c'eût été devenir invincible. Mais le fou à l'œil rouge avait brisé les rangs des Krüses comme l'étrave d'un navire fendant les lames qui déferlent contre lui.

Et sur Singarthil, les vieux guerriers racontèrent comment le hamam leur avait échappé, ruisselant de sang, non pas celui de ses blessures, mais celui de leurs compagnons d'armes ; comment il avait laissé derrière lui un sillage macabre de têtes et de membres coupés ; et comment ils avaient appris que ce démon était vénéré par son peuple, à l'égal d'un dieu, sous le nom de Seigneur de la Guerre. Ils conclurent le récit de la bataille de Golok-Shadir en disant qu'ils ne connaissaient pas de plus grand combattant, si ce n'était Iriak, le cruel guerrier qui s'était exilé d'une de leurs tribus bien des générations auparavant et dont l'histoire ne s'était jamais oubliée, et le mystérieux ninja sans visage dont les aventures avaient eu lieu à une époque si lointaine qu'elle se perdait dans la nuit des temps.

Mais les Krüses qui avaient vécu Golok-Shadir étaient presque des vieillards. La bataille de Faminor avait eu lieu trois cent cinquante ans auparavant, les morts de celle de Zagrid étaient enterrés depuis près de quatre siècles, et le pillage de Sirion remontait à cinq cents années. Le Seigneur de la Guerre était une légende.

Pourtant, le hamam qui venait de débarquer sur Singarthil disait s'appeler Tas-Aongor. Dans la langue des Harriks, ce nom signifiait : le Seigneur de la Guerre.

CHAPITRE IV

« C'est un rêve vieux comme l'humanité. Il nous obsède, nous hante : c'est notre désir inconscient le plus fondamental. Et pour essayer d'assouvir un peu cette envie ancestrale, pour recueillir quelques miettes de cette gigantesque utopie, nous avons inventé des dieux, depuis toujours. Nous les avons imaginés semblables à nous, sauf sur un point : ils sont immortels. En croyant à leur existence, nous pouvons le vivre un peu, notre rêve d'éternité.

« Il a certainement surgi des émanations les plus malsaines de la pensée humaine, ce songe morbide. Privés de la certitude de la mort, comment pourrions-nous prétendre à la béatitude que procure l'absence d'espoir ? Nous serions contraints à attendre en vain que l'aube se lève sur la nuit sans fin de la nature humaine ; espérance éternelle qui nous condamnerait à la crainte éternelle. Enfermée à jamais dans une dérisoire prison de chair, notre âme en proie à une angoisse absolue glisserait inexorablement vers l'abîme de la folie, abolition de cette pensée qui fait de nous des humains.

« Puissions-nous ne jamais sombrer dans le cauchemar de l'immortalité. »

Un germe de folie
Ozan Rimith

Depuis près de neuf ans, Wenka cherchait l'erreur qui avait été commise dans le programme HAGC. Et il y avait vingt-huit ans qu'il travaillait sur ce projet ; vingt-huit ans de recherches forcenées, de tâtonnements, d'expérimentations laborieuses, la moitié de sa vie à supporter la responsabilité de cette gigantesque aventure scientifique, ce fardeau qu'il ne pouvait partager avec personne. Personne, sauf Karl...

Et Daraugas III s'impatientait. Le programme avait coûté depuis le début vingt milliards de yariks à l'empire thorg, et le jeune monarque exigeait un résultat. Wenka se souvenait de Dragor, le père de Daraugas, qui avait accepté de financer l'opération. Le vieil empereur était avisé et patient, il savait que HAGC porterait ses fruits à long terme. Il avait même pris son parti, Wenka en était sûr, de ne jamais voir l'aboutissement du projet. Mais son fils avait beau être un despote de génie, conduire depuis douze années la destinée de quinze cent milliards d'êtres humains d'une poigne de fer, jouer avec aisance sur les alliances et les inimitiés de ses adversaires, faire plier tous ses ministres devant sa volonté, il était resté un gamin impulsif et capricieux. Dans l'immédiat, il était d'une humeur épouvantable : les Fabériens venaient d'attaquer Tyrion, et le palais impérial résonnait sans cesse de ses colères.

« Au moins, je suis loin de ce foutu morveux ! A l'autre bout de l'empire… » Wenka n'arrêtait pas de se répéter cette phrase pour se rassurer après le sermon hystérique que le jeune tyran lui avait fait subir le matin même par télé-hologramme. Il lui semblait encore voir face à lui le visage congestionné par la rage de Daragaus III, ses gestes désordonnés de dément, ses trépignements d'enfant trop gâté.

« Ce n'était qu'une image. Je suis loin de lui, loin de lui… » Mais Wenka savait bien que même à l'autre bout de l'Univers, personne n'était jamais très loin de l'empereur des Thorgs.

Daraugas avait exigé de voir le résultat du programme HAGC, et devant cet ordre, le vieux savant kendar n'avait pu s'empêcher de penser à une trahison :

« Il sait donc que nous avons conservé un produit : la fuite ne peut pas venir de Karl. Et à part lui et moi, il y a seulement douze personnes qui savent… » Wenka réfléchit à la probabilité qu'un de ses proches collaborateurs fût un mouchard du tyran, essayant d'imaginer pour chacun d'entre eux une raison quelconque d'agir ainsi ; mais en vain. Pour lui, ses adjoints étaient au-dessus de tout soupçon. Le Kendar songea avec répugnance aux multiples problèmes qui allaient découler des exigences de Daraugas :

« Il va falloir le transporter sur la planète thorg ; en pleine guerre contre les Fabériens ! Eremaül IV doit faire surveiller les mouvements de chaque vaisseau de l'empire… Nous serons obligés de transiter par Orus, afin de nous faire passer pour de simples marchands. » Wenka était très inquiet, et surtout excédé par la décision du monarque, dont l'ordre survenait juste au moment où il pensait avoir trouvé ce qui était défectueux dans HAGC. Et il aurait besoin du numéro un pour vérifier son idée. C'était d'ailleurs pour cela qu'il l'avait conservé : pour faciliter la recherche de l'erreur. Depuis plus de huit ans, Karl et lui-même avaient établi un nouveau programme, destiné à comparer point par point la fiche-projet initiale au résultat obtenu, afin d'essayer de déterminer à quel endroit était survenue la défaillance. Désormais, Wenka était persuadé d'avoir compris, et il allait en parler avec Karl.

Directeur du projet HAGC, le Kendar avait plus de six cents subordonnés et un seul égal. Quand il avait pris la tête du programme, il n'avait que vingt-cinq ans, mais était considéré comme un véritable génie. Wenka avait été un enfant surdoué, et ensuite un savant exceptionnel. Même maintenant, il n'était pas très âgé pour un poste d'une telle importance. Et pourtant, il l'exerçait depuis vingt-huit ans. Cependant, Karl était beaucoup plus jeune.

Le savant se plaça devant le panneau blindé de vingt tonnes de cristacier qui fermait l'accès à

« l'aquarium », comme tout le monde disait au centre.

« Wenka demande dialogue avec Karl ». La porte pivota et le Kendar s'engagea dans le sas. Treize personnes seulement avaient accès à « l'aquarium » : lui-même et ses douze disciples, parmi lesquels se trouvait sans doute un traître.

La salle de « l'aquarium » était parfaitement cubique, avec une arête de neuf mètres. Ses quatre murs étaient en fait des écrans géants. Au centre du plafond était encastrée une grosse sphère translucide, et en dessous, scellé au plancher, trônait un cube de cristal de trois mètres de côté, que les treize responsables du projet HAGC avaient surnommé « l'aquarium ». Plusieurs fauteuils flottaient dans la pièce, et Wenka s'affaissa dans l'un d'eux. Il pouvait en commander la suspension magnétique et se déplacer à loisir dans les trois dimensions.

— Karl, je demande la récapitulation des résultats obtenus par le programme de recherche de l'erreur survenue dans le projet HAGC.

Une voix douce et calme, mais empreinte de gravité et de fermeté, répondit au chercheur. Wenka la connaissait bien, c'était lui qui l'avait choisie, qui l'avait créée même, plus de vingt-cinq ans auparavant ; c'était celle de Karl, l'un des plus puissants ordinateurs du monde, spécialement conçu pour diriger HAGC. La voix semblait venir de partout, avec une prédominance au niveau de « l'aquarium ». Dès l'instant où elle s'était fait entendre, le gros cube transparent avait paru se remplir d'une fumée bleuâtre, et les écrans muraux s'étaient allumés. La sphère du plafond pivotait sans cesse, suivant chaque mouvement du siège flottant. La pièce où se trouvait Wenka était le lieu privilégié du dialogue avec Karl, l'endroit qui centralisait les principales interfaces entre l'ordinateur et l'équipe du projet HAGC : voix synthétique, écrans muraux affichant toutes les données demandées, et « l'aquarium ». A l'intérieur de ce dernier, Karl matérialisait des hologrammes en mouvement, ceux qu'on lui réclamait ou ceux qu'il utilisait pour illustrer ses paroles. La boule du plafond était en fait l'œil de l'ordinateur. Doué de la vue, Karl l'était aussi de l'ouïe, et il était programmé pour comprendre quarante-trois langues différentes jugées utiles pour communiquer avec tous les chercheurs travaillant sur HAGC.

Mais les sens de l'ordinateur étaient encore plus nombreux et complexes, incomparablement supérieurs à ceux d'un homme ordinaire. Derrière les six parois de la pièce se trouvaient des millions de capteurs, et Karl pouvait tout savoir sur ceux qui y entraient. Il apprenait instantanément leurs caractéristiques morphologiques, leur signature thermique, leur activité métabolique ; il pouvait savoir quelles zones de leur cerveau fonctionnaient le plus intensément pendant le dialogue ; il enregistrait leur pouls, leur tension artérielle, l'intensité de leur sudation ; il savait s'ils étaient énervés, fatigués, en colère. Et il connaissait tout leur passé, origines, famille, études, rapports avec l'Etat, habitudes, vices, car il était connecté à plusieurs centaines d'ordinateurs de l'empire thorg.

Il était impossible que Karl laissât entrer dans la pièce quelqu'un qui n'aurait pas du y entrer, qu'il communiquât à un membre du centre quelque chose qu'il n'aurait pas du savoir. Il possédait, à l'extérieur de l'inexpugnable chambre blindée, cent trente quatre écrans secondaires et vingt imprimantes de vidéobandes pour les informations à fixer. Il pouvait absorber les données recueillies par les milliers d'appareils d'enregistrement et de micros. Ses capteurs propres s'étendaient dans tout le centre, et il recevait chaque instant des milliards de renseignements de la part des ordinateurs avec lesquels il était en communication. Mais lui n'en transmettait aucun, car le projet HAGC était rigoureusement secret. Karl était un cyclope de métal à la mémoire monstrueusement hypertrophiée, glouton dévoreur de connaissances à la faim inextinguible, avare et avide de savoir, parfaite machine à penser ; Karl était infaillible.

Wenka avait entendu des centaines de fois la litanie de l'ordinateur sur la probabilité que tel ou tel point du programme eût constitué la source de l'échec. Pourtant, chaque fois qu'il se rendait à « l'aquarium », il commençait toujours en posant la même question. Et il prêtait inlassablement la même attention aux réponses. Karl ne pouvait s'être trompé : l'erreur était due à l'imperfection de la pensée humaine. Au niveau de la réalisation une défaillance était presque impossible étant donnés la multiplication des sécurités et le fait que Karl l'avait entièrement supervisée. Il fallait plus vraisemblablement chercher du côté de la conception, et là, Wenka savait qu'il était, à quatre-vingt-dix pour cent, le responsable. Il n'y avait donc que lui qui pouvait comprendre où se trouvait la faille ; et cette fois-ci, il était sur une piste. Pourtant, il avait résisté à la tentation de poser directement le problème, et, à nouveau, il avait sacrifié au rituel ; à nouveau, il écoutait Karl lui débiter les probabilités d'erreur au niveau de chaque maillon de la chaîne de HAGC :

« Enchaînement des bases : un risque sur cent vingt mille trillions ; formation des structures secondaires : un risque sur quatre-vingt-quinze mille trillions ; formation des structures tertiaires : un risque sur deux cent mille trillions ; formation des structures quaternaires : un risque sur cent douze mille trillions ; incorporation des chromosomes : un risque sur neuf cent quatre-vingt mille trillions ; altération ultérieure de la structure chromosomique : un risque sur... » Au fur et à mesure que la voix énumérait les chiffres, ils s'affichaient sur les écrans avec les courbes d'évolution des probabilités d'erreur au fil des expériences de contrôle : tous les tracés étaient fortement décroissants. Wenka en était sûr, l'échec ne pouvait être imputable à une défaillance de réalisation. A l'intérieur du cube de cristal, des hologrammes géants s'enchaînaient, représentant l'assemblage des bases puriques et pyrimidiques, la jonction des chaînes d'ADN, leur enroulement, la formation des chromosomes et leur intégration au noyau de la cellule préalablement vidé, la croissance de l'embryon…

Karl en arriva ensuite à la partie la plus intéressante de son résumé, celle qui concernait la conception du programme. C'était là qu'il se montrait le moins précis, car le facteur humain était prépondérant. Quand enfin il eut terminé son énumération, Wenka lui soumit son hypothèse. Et l'ordinateur confirma : il faudrait une série d'expérimentations pour vérifier, mais en considérant le point précis que venait d'évoquer le directeur de HAGC, en l'isolant des autres facteurs possibles d'erreur, Karl trouvait une forte probabilité que l'échec provînt de cette nouvelle donnée qu'on venait de lui soumettre. Le dialogue était terminé. Les écrans s'éteignirent et « l'aquarium » redevint un gros cube transparent. Le savant quitta la salle et l'opercule blindé se referma sans bruit derrière lui. Wenka se dirigea alors vers la seule autre partie du centre dont l'accès était strictement réservé aux treize principaux responsables de HAGC. Il prit l'ascenseur pour le dernier sous-sol et franchit toutes les portes dont Karl contrôlait l'ouverture, avant d'arriver près de cette pièce essentielle du centre qui, elle aussi, avait reçu un surnom : « la cellule ». Il s'installa dans la salle d'observation, derrière la cloison à transparence unidirectionnelle. De l'autre côté se trouvait le numéro un, l'unique produit restant du projet HAGC.

Wenka repensa à l'époque où, brillant étudiant en génétique, il avait imaginé le programme, puis en avait déterminé les principes avec quelques amis qui formèrent le noyau originel des quatorze. Il se revit, lorsque jeune assistant à l'université de Yankin, il avait obtenu grâce à la notoriété de ses travaux et à sa réputation de chercheur surdoué une audience auprès de Dragor V. Il sourit en songeant comment sa fougue et sa détermination avaient alors convaincu le vieil empereur d'investir une somme considérable pour la fabrication de Karl, et comment les premiers succès du programme lui avaient valu l'allocation de subsides de plus en plus élevés.

Le principe de HAGC était simple. Le sigle signifiait Humain A Génome Contrôlé. Il s'agissait de fabriquer un être dont chaque paramètre aurait été intégralement déterminé par son concepteur. Pour cela, il fallait finir de décrypter le code génétique humain, à l'époque connu à soixante-quinze pour cent. Le plus dur était de trouver les vingt-cinq pour cent restants, mais avec l'aide des meilleurs spécialistes de l'empire et d'un ordinateur conçu pour cet objectif, Wenka avait toujours su qu'il y parviendrait. Après cela, il restait à synthétiser les molécules d'ADN selon les séquences voulues, à en faire des chromosomes humains, prélever une cellule diploïde juste après la fusion des gamètes, en retirer les gènes et y injecter ceux obtenus artificiellement. Ensuite, il suffisait de placer l'embryon dans l'utérus d'une porteuse et d'attendre.

En fait le programme HAGC allait bien au-delà de la signification de son nom. Il s'agissait non seulement d'aboutir au phénotype désiré par synthèse des gènes, mais aussi d'obtenir un dramatype parfaitement déterminé, par contrôle de l'environnement du produit depuis la vie foetale jusqu'à l'âge adulte. Il avait fallu trois ans pour construire et programmer Karl. Grâce à lui, Wenka et ses treize adjoints avaient terminé le décodage du génome humain en seulement quatre années. Pendant cette période, ils avaient fait de même pour de nombreuses espèces animales destinées à servir pour l'expérimentation en préréalisation. Puis ils s'étaient mis d'accord pour les caractères qu'ils désiraient obtenir, et en avaient extrapolé les séquences nécessaires au niveau de l'ADN et les éléments environnementaux à mettre en place pendant la croissance du produit ; pour cela, deux ans avaient été nécessaires. Il en avait fallu sept autres pour tester l'application des principes de HAGC sur divers animaux, insectes, reptiles, rongeurs, carnivores et primates ; ils avaient progressé trop vite sur cette partie du programme, Wenka le savait désormais. Pourtant, toutes ces espèces obtenues avec un génome artificiel correspondaient parfaitement aux spécifications. Et toute l'équipe était si pressée d'arriver au but après seize années d'efforts !

Dragor était mort au moment où l'embryon humain à chromosomes de synthèse avait été implanté chez une porteuse sévèrement sélectionnée. Ainsi, il n'avait pas pu assister à la catastrophe, et Wenka était heureux que le vieil homme fût parti en croyant à ses rêves d'une humanité parfaite. Le Kendar avait eu beaucoup d'admiration pour celui qu'il considérait comme le plus grand monarque de l'histoire de l'empire, et pourtant, il savait maintenant que ce dernier était en partie responsable de l'erreur fatale au projet HAGC. Dragor, à la fin de sa vie, souffrait terriblement des maux de la vieillesse. Bien entendu, il avait fait de nombreuses suggestions en ce qui concernait les caractéristiques de l'être idéal auquel devait aboutir le projet. Et parmi tous ses désirs, il y en avait un qui avait certainement conduit au lamentable échec que Wenka avait maintenant sous les yeux ; le chercheur n'y avait pas songé. Tout cela était si loin, à plus de vingt années dans le passé, noyé au milieu d'un nombre incalculable de paramètres qui pouvaient eux aussi avoir leur importance.

Mais alors que le Kendar devenait lui aussi un vieil homme, il avait repensé au souhait ultime de Dragor : que le gène du vieillissement fût éliminé, que cette séquence programmant l'inexorable décrépitude de l'organisme fût effacée des chromosomes du produit de HAGC. Tout le monde avait été d'accord, et les espèces obtenues à partir de gènes synthétisés ayant une longévité exceptionnelle, ne présentant aucun symptôme de vieillissement et étant par ailleurs parfaitement normales, il n'y avait eu aucune objection pour tenter l'expérience sur des produits humains. Pourtant, paradoxalement, la croissance des animaux testés avait été incroyablement rapide ; mais personne ne s'en était inquiété. Toute l'équipe était impatiente de voir le premier Humain A Génome Contrôlé, le numéro un.

Le début de son développement avait été très encourageant. Wenka et ses collaborateurs étaient tellement enthousiastes qu'à aucun moment ils n'avaient su ou voulu admettre que la préréalisation du programme ne pouvait les renseigner sur l'expression de la pensée intelligente, cette caractéristique propre à l'espèce humaine. La croissance du produit numéro un avait été bien plus rapide que la normale, comme sur les animaux d'expérience. Wenka avait commencé à comprendre trois ans après la naissance ; trois années pendant lesquelles il s'était montré aveugle... Maintenant, il savait que jamais on n'aurait dû toucher aux gènes du vieillissement. Il fallait tout recommencer en les laissant en place ; ils devaient avoir une fonction double, un rôle régulateur ou promoteur pour d'autres séquences du code de l'ADN. Wenka avait une certitude : sans eux, on aboutissait à la chose monstrueuse qu'il avait devant lui, et qu'il était vraiment impossible de qualifier d'humain.

« Dire que ce petit crétin de Daraugas connaît son existence et qu'il veut le voir ! » Officiellement, le numéro un avait été détruit, ainsi que tous les autres produits obtenus ultérieurement lorsqu'on avait recommencé l'expérience en espérant une erreur de réalisation ; mais chaque fois, on était arrivé au même résultat. Les trois monstres suivants avaient été tués à six, cinq et quatre ans. Wenka avait tenu à garder le premier dans l'intérêt du projet, pour pouvoir trouver l'erreur ; même après ce qui était arrivé à son ami Lork, un Kendar, comme lui, qui aurait été aujourd'hui son treizième collaborateur s'il avait survécu... Le vieux chercheur se souvenait de l'horrible scène comme si tout était survenu la veille. A cette époque, le numéro un n'était pas encore isolé dans « la cellule », et toute l'équipe avait avec lui des contacts directs. Lork et Nielsen étaient allés le voir dans sa chambre, dans l'espoir de constater une amélioration, et il avait eu sa première crise véritablement violente : Nielsen s'en était tiré avec trois côtes cassées et un éclatement de la rate, mais Lork avait été tué. Wenka avait tout vu sur l'écran de contrôle, son ami écrasé contre le mur de la pièce, ce monstre qui lui avait broyé le torse, enfoncé la cage thoracique, d'une seule main, en une fraction de seconde. Il se rappelait encore la bouillie sanglante qu'il avait fallu décoller de la cloison. Le numéro un avait sept ans, à l'époque.

Après cela, personne ne l'avait plus approché. On l'avait enfermé dans une pièce entièrement capitonnée, et sa nourriture lui était passée par une trappe à sas pratiquée dans la porte blindée. On pouvait l'observer par caméra ou à travers le mur à transparence unidirectionnelle. Quelques énormes anneaux de plastocell ultra-résistant, pesant à peu près un quintal, étaient disposés dans « la cellule ». Il passait ses crises de démence sur eux, les tordant et les projetant contre les parois.

Wenka le regardait en songeant aux rêves un peu fous du vieux Dragor sur l'être humain idéal qui devait sortir du programme HAGC: beau, intelligent, s'adaptant parfaitement à toutes les situations, sensible, tolérant, et éternellement jeune...

De l'autre côté du mur se tenait une brute musculeuse, à la posture étrangement simiesque. Curieusement, tout évoquait chez elle le primate, l'ébauche d'homme, malgré un corps glabre et des proportions humaines. Elle se tenait voûtée, les jambes fléchies, comme pour prendre appui sur ses mains. Elle avançait la mâchoire, forçant un prognathisme bestial. Son regard était bas, ses attitudes et chacun de ses mouvements possédaient une sauvagerie animale...

« Par le sang des dieux ! Il n'a même pas douze ans ! » Wenka était incapable de détacher son regard du monstre qu'il avait créé, cette montagne de muscles à la force et à la vivacité phénoménales, pourtant débile et pitoyable. Et le Kendar ne pouvait s'empêcher de penser que ce pauvre fou était en train de le regarder fixement, lui aussi, avec ses yeux de dément qui semblaient l'implorer, désespérément...

CHAPITRE V

« La peur est un phénomène exclusivement humain, lié à notre faculté de relativiser le temps. Les animaux n'ont conscience que de dangers immédiats, face auxquels ils mettent en œuvre les comportements les mieux adaptés : fuite, intimidation, agression…

« Mais pour nous, un simple concept, purement théorique, peut sembler une menace. Même jeunes, nous craignons la vieillesse ; même bien portants, nous craignons la maladie ; même en temps de paix, nous craignons la guerre ; et nous craignons la mort, constamment. Car le temps a perdu pour l'homme toute signification concrète. Nous avons la capacité d'imaginer, et le danger le plus lointain existe, de fait, au sein de notre esprit, dans les instants qui suivent l'élaboration de notre pensée.

« Et nous avons peur.

« Inversement, lorsque effectivement un risque

immédiat nous menace, le temps s'étire : chaque seconde devient un siècle, un siècle d'angoisse.

« Et nous avons peur.

« Ceux qui ignorent la peur sont en général restés en-deçà de l'humanité, parfois arrivés au-delà ; mais, incontestablement, ils sont autres qu'humains. »

Questions sur la nature de la société humaine
Marok Ravon (Orusien, 174e siècle A.T.T.)

Le combat n'avait duré que quelques secondes. Le gros homme avait bondi en avant avec une rapidité stupéfiante, levant son bouclier pour se protéger du rayon brûlant pointé contre lui, et, se servant du lourd disque de cristacier comme d'une masse, avait percuté le porteur du laser. Le Balroog, qui pourtant dépassait nettement le quintal, avait été propulsé avec violence à plusieurs mètres. Les lances des deux autres barbares n'avaient rencontré que le vide : deux esquives, deux coups de hache, et ils s'étaient retrouvés gisant sur le sol, le crâne défoncé. Sarim, face au dernier des quatre colosses, s'était agrippé à la hampe de l'arme dirigée contre lui, contractant tous ses muscles, crispé par la panique. Le Balroog, d'un seul mouvement de bras, l'avait rejeté contre le mur d'une des masures bordant la ruelle, l'assommant à moitié. Le Sashivas avait vu la pointe de la lance dardée vers son cou, fermé les yeux, et hurlé comme un fou, s'imaginant déjà cloué dans la boue nauséabonde par une lame de cristal lui traversant la gorge. Il y avait eu un sifflement déchirant l'air, puis un bruit mat.

Lorsque Sarim s'était relevé, le géant était étendu à terre, une hache plantée dans la poitrine. Il remuait encore, agité de soubresauts, tentant vainement d'arracher l'arme poissée de sang qui s'était enfoncée dans son thorax jusqu'au manche. Le guide du jeune Sashivas s'était approché lentement du guerrier abattu, avait ramassé sa lance à pointe de Gaïnkish vert, et, d'un seul bras, l'avait plantée au travers du heaume dans la tête du Balroog ; le crâne du colosse s'était fendu avec un son mou. Puis le gros homme avait extirpé sa hache du poitrail dans lequel elle avait creusé une entaille béante, faisant une plaie profonde où la chair et le métal déchiqueté se mêlaient en une bouillie sanguinolente. Il avait alors fait signe à Sarim de le suivre, et avait repris son chemin de sa démarche lourde et placide d'ours dressé.

Depuis cet affrontement, le Sashivas avait l'impression de flotter dans un nuage de coton. Il ignorait si cette sensation provenait du coup qu'il avait reçu, ou du spectacle auquel il avait assisté. Jamais il n'avait vu, même dans les arènes de Rangos, les plus réputées de l'Univers, un aussi redoutable combattant. Le gros homme aux allures de poussah possédait une force incroyable : il avait, d'un seul bras, projeté un Balroog au loin avec une stupéfiante facilité, et crevé une armure de cristacier en lançant sa hache d'une distance de plus de dix mètres. Sa rapidité, elle aussi, semblait surhumaine… Surhumain : ce mot, sans cesse, revenait dans l'esprit de Sarim, insistant, obsédant.

« Il pourrait être un androïde… Tout s'expliquerait alors ! » Mais après avoir réfléchi quelques instants à cette hypothèse, le Sashivas comprit qu'il faisait fausse route. Il avait remarqué de la sueur ruisseler sur la nuque de son guide lorsqu'il le suivait à travers la foule de Koroum-Tarok ; or les androïdes ne transpiraient pas… Et même s'il existait des modèles très élaborés, imitant la vie à la perfection jusque dans d'aussi subtils détails, un robot n'aurait pu vaincre les quatre Balroogs, car ils possédaient des brouilleurs ; de cela, Sarim était certain. Il se souvenait parfaitement de la petite boîte métallique accrochée à la ceinture de celui qui avait été sur le point de le tuer. D'ailleurs, de tels guerriers ne pouvaient se trouver dans la cité interdite sans cet indispensable accessoire. Comme ils avaient eu tout le temps de se préparer à l'attaque en tendant leur embuscade, leurs brouilleurs étaient certainement en marche, et aucun androïde n'aurait pu agir avec une telle efficacité.

Le principe de ces engins était simple : ils émettaient un ensemble d'ondes électromagnétiques particulières, capables de perturber considérablement les circuits et surtout les capteurs des robots. Un androïde pris dans le faisceau d'un brouilleur était comparable à un homme ivre. Sa perception de l'extérieur devenait floue et incomplète, ses réactions lentes et désordonnées. Aux temps immémoriaux où les peuples du centre étaient jeunes, vigoureux et féroces, et où nul être humain n'avait encore vécu sur aucune des sauvages planètes extérieures, furent créés les premiers robots de combat véritablement efficaces. C'était à Sashra-Zinki que, dans le plus grand secret, avaient été mises au point ces machines redoutables, auxquelles on avait donné forme humaine afin que chacun imaginât que c'étaient des guerriers sashivas mystérieusement dotés de terrifiants pouvoirs.

L'armée de Yassaranil IV, alors prince de Sashra-Zinki, devint invincible, car elle était composée pour moitié d'androïdes de guerre auxquels aucun guerrier ne pouvait résister. Ils étaient plus forts, plus rapides, plus précis que les meilleurs soldats. Leur coût était considérable, et Yassaranil avait dépensé pour former sa phalange de robots plus de yariks que pour acquérir sa flotte de combat. Mais sa fortune était incommensurable, et il l'eût tout entière donnée pour détenir ce qu'il croyait être l'arme absolue. Grâce à ses androïdes, il écrasa les Maraquendis dont la souveraineté s'étendait sur près de neuf cents planètes habitées, annexa toutes leurs possessions, et en fit une race de vassaux ; il mit en déroute les seigneurs orusiens coalisés contre lui, et infligea des coups si sévères aux Kalindos que leur puissance militaire s'effondra à jamais, permettant ainsi aux Thorgs d'envahir leur immense empire et de se l'approprier. Mais la bataille qu'il livra aux sept rois de Faber sur Sidarth-Rondaïl mit fin à la suprématie des robots de combat.

Les chevaliers fabériens, munis des premiers brouilleurs à ondes électromagnétiques, exterminèrent la redoutable phalange dont ils avaient percé le secret. Les tentatives ultérieures pour protéger les androïdes contre ce procédé se soldèrent par des échecs. Au prix d'un alourdissement pénalisant, on arrivait à préserver le bon fonctionnement des circuits, mais les capteurs restaient toujours très vulnérables. De plus, les performances des brouilleurs ne cessaient d'augmenter, si bien que l'usage des androïdes pour la guerre avait été abandonné depuis longtemps. Mais ils étaient abondamment utilisés dans d'autres domaines, et constamment perfectionnés. De nombreux modèles possédaient une capacité de combat, et représentaient de redoutables adversaires ; aussi le moindre mercenaire portait-il un brouilleur efficace. D'ailleurs, en omettant cette précaution, on courrait le risque de voir réapparaître sur les champs de bataille des soldat-robots, remis au goût du jour par quelque général astucieux profitant de l'imprudence de ses ennemis.

Sarim finit par admettre que son guide était humain, un humain tout à fait exceptionnel. Cependant, le jeune Sashivas était assez ignorant de la qualité véritable des mercenaires employés par les armées qui se disputaient la main-mise sur l'Univers. Pour lui, les joutes sanglantes des arènes d'Orus, Rangos, Sashra-Zinki ou Urüd-Laïn, représentaient le summum de l'art du combat. Jamais il n'avait revêtu l'uniforme des soldats d'Assinrod II, son prince ; jamais il n'avait participé à une bataille. Comme tous les Sashivas de la riche bourgeoisie, il pouvait s'en dispenser en payant le prix fort. Certes, il savait tout ce que l'on racontait sur les barbares des planètes extérieures, mais des paroles ne pouvaient autant marquer son esprit que la vision du réel. Et pour Sarim, la seule réalité en ce qui concernait l'affrontement des guerriers, la danse de la mort, le désir de tuer et de pouvoir survivre, la soif de sang et la soif d'existence, les lames tranchant, défonçant, mutilant et se couvrant de pourpre dans le corps des vaincus, c'était une place à la tribune d'honneur de l'amphithéâtre de Rangos pour assister aux rencontres finales du tournoi annuel.

Au cours de ces joutes dont étaient friands les peuples du centre, s'affrontaient des gladiateurs que Sarim croyait être les plus redoutables combattants de l'Univers: vétérans de l'armée impériale thorg, pirates orusiens, seigneurs sashivas ruinés, chevaliers fabériens déchus, mercenaires capturés et réduits en esclavage, aventuriers venant de tous les horizons. Au début du tournoi, on les regroupait en bandes hétéroclites où se mêlaient des hommes de races et d'origine très différentes ; on donnait à chacun un sabre d'acier au fil tranchant comme un rasoir, et on les envoyait s'entre-tuer dans l'arène sans armure ni protection aucune, vêtus d'un simple pagne dont la couleur indiquait le camp qu'on leur avait attribué. Et pendant trois jours, ces armées d'hommes nus s'affrontaient, afin de sélectionner les guerriers capables d'offrir une exhibition intéressante. Les faibles, les maladroits, les émotifs, ceux dont l'âge avait émoussé les réflexes et diminué la vigueur, ceux dont l'horreur du carnage faisait hésiter le bras au moment de frapper, tous ceux-là achevaient leur vie, gorge ouverte, crâne fendu, membres lacérés, abattus sur le sol de l'amphithéâtre, et le sable blanc se gorgeait de leur sang.

Pour assister à ces phases préliminaires, les places étaient peu coûteuses : il n'y venait qu'une populace vulgaire et hurlante, incapable d'apprécier la beauté et les subtilités d'un combat singulier mené par des spécialistes. On lui livrait en pâture le spectacle écœurant de ce magma mouvant éclaboussé de jaillissements écarlates, orgie immonde entre le métal froid et la chair tiède, où les corps s'empalaient sur les pointes, où les lames pénétraient les ventres et caressaient les poitrines. De ces trois jours de folie émergeaient les guerriers les plus durs, les tueurs les plus enragés : esclaves, ils avaient mérité d'être affranchis ; hommes libres, ils pouvaient se retirer avec une somme considérable.

Mais certains choisissaient de continuer le tournoi. Alors commençaient les combats singuliers, qui se poursuivaient jusqu'à ce que le système de l'élimination directe amenât en finale les deux meilleurs combattants ; celui qui sortait vainqueur de cette ultime épreuve devenait aussi riche qu'un banquier sashivas, aussi connu que l'empereur des Thorgs, et aussi adulé qu'un dieu. Cette perspective entraînait, parmi ceux qui avaient survécu à l'horreur des trois premiers jours, les plus courageux et les plus fous à s'engager dans la série des rencontres individuelles. Ils pouvaient renoncer à tout moment, sortant du tournoi avec une fortune d'autant plus importante qu'ils s'étaient approchés plus près de la finale. Mais les abandons étaient rares, évités par l'appât d'un gain encore plus grand, et surtout par la griserie qui s'emparait de chaque gladiateur, le faisant rêver au moment où il se dresserait unique survivant, au-dessus des milliers de cadavres des vaincus, devenu, jusqu'au prochain tournoi, une légende vivante. Le prix des places au moment des combats singuliers atteignait des sommes incroyables, et leurs acteurs étaient traités avec de grands égards.

Pour que chaque rencontre fût longue et passionnante, ils recevaient un casque, des brassards, des jambières, une large ceinture de métal, et pouvaient lutter avec l'arme de leur choix. Le spectacle qu'ils offraient était tellement apprécié que des sommes colossales passaient par les caisses des amphithéâtres d'Orus, Sashra-Zinki, Urüd-Laïn, et surtout Rangos, là où s'organisaient les plus belles joutes. Le prix des places, les droits de retransmission par téléhologrammes et l'argent des paris pris sur les résultats des rencontres, tout cela représentait chaque année plusieurs milliards de yariks. Les peuples du centre n'hésitaient pas sur la dépense pour pouvoir frémir d'effroi et de plaisir devant l'habileté à donner la mort et la cruelle sauvagerie des meilleurs gladiateurs de l'Univers.

Pourtant, ces derniers auraient fait pâle figure face à des vrais guerriers, des hommes venus des planètes extérieures. Mais ceux-là étaient presque toujours absents des luttes de l'arène. Quelques rares Oglouks, Sarkoïs ou Balroogs, davantage soumis à l'influence des civilisations du centre, s'y exhibaient parfois pour tenter de conquérir les sommes fabuleuses promises aux vainqueurs ou échapper à l'esclavage dans lequel ils avaient été réduits après une défaite de leur armée ; ils appartenaient toujours aux tribus décadentes émigrées sur les territoires périphériques des quatre alliances. Ceux qui vivaient sur leur planète d'origine et qui avaient gardé intactes leurs féroces coutumes auraient préféré se percer le cœur que se donner pareillement en spectacle. Quant aux guerriers des mondes perdus, il était impensable de les voir participer aux combats de gladiateurs. Pour les Uktuhls, un seul but comptait : la mort, la mort donnée et la mort reçue. Ils suivaient aveuglément leur religion fanatique qui vouait l'existence au meurtre, glorifiant celui qui tuait le plus et savait périr par les armes. Les Harriks considéraient la captivité comme le signe d'une immonde lâcheté. Un Moog-Saï mutilé et déchiré de blessures continuait à se battre, et jamais un Krüse ne se serait laissé faire prisonnier, craignant trop qu'on lui dérobât son âme en buvant son sang alors que la vie l'habitait encore.

Une seule fois, on avait vu un mercenaire des mondes lointains dans l'arène de Rangos. L'armée impériale thorg s'était emparée de lui après une bataille contre les princes sashivas. Des milliards de spectateurs avaient suivi ses exploits, et on l'avait surnommé « l'œil de feu » car c'était un Harrik des terres noires. Il avait tué aisément tous ceux qui lui avaient été opposés, et à l'issue de l'ultime combat au cours duquel il s'était montré d'une cruauté extrême, lacérant son adversaire de dizaines de blessures, le saignant peu à peu sans jamais lui porter un coup mortel, il s'était planté son propre poignard dans la gorge, ne supportant plus la honte d'avoir été capturé. Mais Sarim n'était pas encore né à l'époque de cette finale, la plus célèbre dans toute l'histoire des affrontements de gladiateurs.

Si le jeune Sashivas était ignorant quant à la valeur réelle des guerriers et souffrait d'une incontestable lâcheté face à la violence physique, il n'avait rien d'un naïf ni d'un faible. A vingt-six ans, il était à la tête d'un empire financier construit à partir de l'héritage que lui avait laissé son père. Son ascension avait été fulgurante. Il aurait pu se contenter de vivre en oisif sur sa fortune qui lui permettait d'assouvir ses désirs de spectacles sanglants, de drogues et d'orgies sadiques consommant les naugrods comme des objets sans importance. Sarim était un sybarite pervers et débauché, mais la sensation qui lui apportait le plus de jouissance était l'exercice et la conquête du pouvoir. En cinq ans, prévarication, chantage, racket et meurtres lui avaient permis de décupler le capital que son père avait mis toute une vie à accumuler. Une armée d'avocats coûteux mais efficaces, une prudence maniaque et un certain charme candide l'avaient sauvé lors de tous les procès qu'on lui avait intentés. Sarim possédait un visage d'angelot bronzé, d'immenses yeux noirs au regard innocent, un sourire sympathique et la rapacité féroce d'un fauve affamé. Sa fortune était immense et s'accroissait de jour en jour, mais désormais, il détenait le moyen de gagner beaucoup plus qu'avec toutes ses entreprises en vingt ans. Sarim repensa à sa visite de routine à sa mine de métal sur Maraquendi.

« J'ai eu une chance inouïe d'être là au moment où ces idiots l'ont découvert au triage du minerai. Il a fallu liquider une dizaine d'esclaves et effacer les mémoires de trois androïdes ; et l'accident du directeur de la mine m'a coûté cher aussi... Mais le jeu en valait la chandelle. Plus personne n'est au courant, à part moi... et ce bon vieux Sinrod, bien sûr ! » Le secret absolu sur sa trouvaille, c'était ce qui avait posé le plus de problèmes à Sarim. Peu d'hommes dans tout l'Univers possédaient suffisamment d'argent pour constituer d'éventuels acheteurs. Le jeune financier avait d'abord pensé à Daraugas III. Mais pour parvenir jusqu'à l'empereur, il aurait fallu trop de contacts, trop de démarches ; trop de gens auraient été au courant, et Sarim se serait fait assassiner avant d'avoir pu négocier quoi que ce fût. La difficulté aurait été la même pour les rois fabériens, les princes sashivas ou les seigneurs orusiens. Quant aux gros banquiers et autres brasseurs d'affaires, cela les aurait effrayé : la découverte était trop brûlante. Là encore, Sarim avait eu de la chance. Un des hommes de main qu'il utilisait avait travaillé autrefois pour un mystérieux employeur d'Orus. Au cours d'une conversation avec son tueur, le Sashivas avait appris par hasard l'existence de Hazan Rayek, le légendaire roi de la cité interdite, l'homme le plus riche de l'Univers. Toutes les histoires que l'on racontait sur cet être fabuleux lui revinrent en mémoire, et il se surprit à marmonner un vieux conte qu'il avait entendu étant enfant :

« Tapi au fond de Morg-Tarok, sur son trône de cristal, Hazan Rayek dirige le monde. Nul n'a jamais vu son visage, et personne n'échappe à son regard. Les empires disparaissent et les rois meurent, mais le maître de Gaurothrol renforce inlassablement sa puissance... » Sarim avait toujours jugé ces phrases comme une fable ridicule, mais désormais, il commençait à croire que Hazan Rayek n'était peut-être pas uniquement une légende.

Grâce à ses relations avec le milieu du crime, le Sashivas avait pu obtenir une entrevue tout en restant très discret sur le motif de sa demande. Il avait suffi de préciser qu'il s'agissait d'une affaire de l'ordre du milliard de yariks, et personne n'avait posé de questions. Exactement ce que Sarim souhaitait...

Après le combat contre les Balroogs, le gros homme l'avait entraîné dans un dédale de ruelles étroites, peuplées d'êtres sordides, plus misérables encore que les habitants du Favel-Tarok. Avec leur figure sans âge, leur peau sale et terreuse, leurs haillons souillés d'où jaillissaient des bras décharnés aux mains avides et crochues, avec leur regard rendu fou par la faim et la haine de ceux qui n'avaient pas besoin de se battre pour manger, ils semblaient être nés de la cité interdite, surgis de cette fiente, façonnés dans la boue des rues et des murs. Lorsqu'ils se rapprochaient trop près, le guide de Sarim brandissait sa hache en émettant un grognement rauque, et les créatures faméliques s'égaillaient comme des corbeaux chassés d'une charogne par un loup. Mais, inlassablement, ils revenaient, tendant les bras, découvrant leurs dents en un rictus étrange, les yeux brillant d'espoir et de menace. L'odeur écœurante de la cité interdite était devenue pestilentielle, et au grouillement humain s'ajoutaient désormais les ombres furtives des animaux mangeurs d'ordures, arthropodes et reptiles mutants peuplant le monde souterrain et putride de Morg-Tarok. Sarim comprit qu'ils devaient être proches d'un passage vers les égouts.

— Les portes de l'enfer ! grommela le Sashivas, essayant de chasser son angoisse par une boutade.

Mais il n'était pas loin de croire que c'était la vérité. Il ne craignait pas une attaque de la populace misérable qui pullulait tout autour d'eux, car après le massacre des Balroogs, il savait que des adversaires aussi pitoyables n'avaient aucune chance face à son garde du corps. D'ailleurs, que pouvaient-ils contre des armures de cristacier? Mais l'odeur effroyable de putréfaction et d'excréments, la pénombre des sinistres ruelles dont l'accès à la lumière était bouché par l'empilement des taudis et ces parodies d'humains qui se pressaient en foule à sa suite, tout cela lui donnait la nausée, mêlée à une impression d'étouffement irrépressible. Des couinements aigus le sortirent de son malaise.

Au coin d'une masure, des rats mutants traînaient le cadavre d'une femme vers leur antre. Ils s'arrêtèrent au passage des deux hommes, et Sarim eut l'impression que leurs petits yeux rouges le fixaient cruellement, comme pour lui signifier qu'ici se terminait Orus et commençait Shuri-Zinkül, la cité des rats.

CHAPITRE VI

« A chaque étape de l'existence, des vies s'éteignent en nous: toutes celles que nous aurions pu connaître en empruntant un autre chemin. Il nous faut mourir de nombreuses fois avant d'accomplir notre destinée, effacer patiemment toutes ces voies qui s'offrent à nous à chaque carrefour du temps, pour n'en garder qu'une, celle que nous choisissons. Dans l'instant présent où je décide d'être, il me faut également accepter de ne pas être l'infinité de moi que je ne serai jamais ; et de même dans l'instant suivant. C'est la première mort, celle de notre futur.

« Mais celui qui veut s'approcher de l'harmonie finale où l'être n'est plus qu'un point fondu dans le tout, et lui-même englobant la totalité, il doit accepter une mort bien plus cruelle, la mort de toute son existence passée, la disparition de ce qu'il est, pour donner naissance à un nouveau lui-même.

« Car de même que pour l'Univers, la vie n'est

pas concevable sans la mort, pour l'âme, la réalisation suprême ne peut exister sans le renoncement total.

Le chemin de la paix,
Bandigo Ikoda (Kreel, 3e siècle B.T.T.)

Mutaro Samani était en faction devant la lourde porte de pierre depuis le lever du soleil. Pendant de longues heures, il était resté debout, parfaitement immobile, figeant son corps aux muscles durs dans une pose d'équilibre parfait grâce à laquelle la fatigue coulait le long de ses membres sans l'affecter. Le jeune homme était de petite taille pour un Kreel, mais il était large, trapu et solide. Sa chair était forte et ses convictions inébranlables. Il avait une foi inaltérable en l'enseignement de ses maîtres, et cette fermeté de corps et d'esprit lui avait valu son nom de *petite montagne* lorsqu'on lui avait remis le bayungui aux trois cercles qu'il portait désormais. Cependant, malgré son entraînement sévère, il avait du mal à conserver une vigilance de chaque instant. Il ne perçut pas immédiatement la présence de la grande ombre qui venait de surgir au bout du couloir. Mais à la vue des anneaux d'argent entremêlés étincelant sur la tunique de l'homme qui s'approchait, il retrouva très vite toute sa concentration. Dans la pénombre des salles souterraines, les cercles aux reflets métalliques semblaient flotter au-dessus du sol, l'immense silhouette du nouvel arrivant, vêtu de noir, ne se distinguant qu'à peine dans l'obscurité.

Car à Faya Nubangui, tout était sombre, la couleur de la roche basaltique dans laquelle on avait creusé la cité, la teinte des vêtements, et la peau des habitants. Même les éclairages étaient volontairement pauvres et faibles. Le noir était partout, et la seule lumière était celle des Naa Tsonkos, cercles sacrés d'argent luisant, afin que chacun se souvînt qu'ils étaient la Voie conduisant les hommes de la pénombre vers le soleil.

Mutaro Samani avait rapidement identifié celui qui venait vers lui. Il n'y avait à Faya Nubangui qu'un seul maître du cinquième cercle possédant une pareille stature : Mani Okondo.

— Bonjour, Mutaro Samani.

— Bonjour, Fingo Makané

Le garde aurait pu se contenter d'appeler son interlocuteur par son nom, mais il s'était senti obligé de lui exprimer son respect en le désignant par son grade. Comme la plupart des Kreels de son âge, Mutaro Samani était très impressionné par le colosse. Mani Okondo le dépassait de plus d'une tête, et la formidable largeur de ses épaules était accentuée par sa vaste cape noire et sa chevelure opulente tombant en lourdes nattes jusqu'à sa ceinture. Son visage à la peau d'ébène, plus sombre que celle de la moyenne des Kreels, buriné et barré d'une cicatrice, le faisait paraître assez âgé. Mais Mutaro Samani savait qu'il n'avait que trente-cinq ans, ce qui était exceptionnellement jeune pour un homme sur le point d'accéder au sixième cercle.

— Fari Kombo m'attend.

Le jeune garde marqua un instant d'hésitation avant de réagir. La voix grave et rauque de Mani Okondo le troublait autant que son aspect physique.

— Oui, bien sûr...

Mutaro Samani appliqua la paume de sa main gauche sur le lecteur de la porte, et l'énorme panneau de pierre coulissa lentement, découvrant un couloir totalement obscur où le colosse s'engagea. L'ouverture se referma un instant après, et Mani Okondo se retrouva dans le noir complet mais se dirigea sans peine à travers le dédale des souterrains jusqu'à la chambre du vieux maître. Son esprit percevait les moindres fissures de la paroi et les plus infimes aspérités du roc plus nettement que s'il s'était trouvé en pleine lumière. Il éprouva une certaine satisfaction à constater une fois de plus la fabuleuse extension de ses sens. Son cerveau était comme relié à d'énormes tentacules palpant la pierre autour de lui, s'insinuant très loin dans les artères de la cité souterraine, guidant chacun de ses pas vers son but ; il analysait avec une extrême sensibilité chaque modification du champ d'énergie qui se propageait à travers lui, faisant fusionner ses propres pulsions vitales avec celles de l'Univers. Le grand Kreel connaissait bien ce genre de sensation, il l'avait éprouvé des milliers de fois depuis le jour où on avait fixé un cinquième cercle d'argent sur son bayungui. Et pourtant, une fois encore, il en retirait un plaisir évident, constatant la parfaite harmonie de son corps et de son âme avec le milieu extérieur.

Cependant, cela était insuffisant pour qu'il évitât de se présenter personnellement à Fari Kombo, *le cœur qui résonne* en Kreel ancien, un des rares détenteurs du huitième cercle, le seul à Faya Nubangui, et à ce titre maître de la cité de pierre. Mani Okondo se sentait pourtant apte, dès maintenant, à fondre son esprit avec celui du vieil homme, à projeter ses pensées sous forme d'énergie pure pour les mêler à celles de Fari Kombo. Le colosse se croyait prêt à pénétrer dans le groupe très restreint de ces Kreels capables, pour un instant, de faire de leurs âmes issues de corps différents une entité commune aux fabuleuses capacités. Mais d'autres en avaient décidé autrement, et une fois de plus, il devrait se présenter devant le maître de la cité, l'appeler Makané en se courbant avec déférence, sentir le regard du vieillard s'insinuer en lui, sonder son esprit et découvrir ses sentiments les plus secrets. Son orgueil en souffrirait à nouveau.

Mani Okondo était doué, très doué de l'avis de tous les anciens. Sa force considérable, sa vigueur et son endurance, alliées à une volonté inflexible, lui avaient permis une progression très rapide. En dix-sept ans, il avait mérité d'arborer sur sa poitrine les cinq premiers cercles, tandis que la plupart avaient besoin de suivre la Voie pendant au moins une trentaine d'années pour y parvenir. Mais depuis sept ans, il se heurtait à un obstacle plus ardu que tous ceux qu'il avait rencontrés jusqu'alors. Pour le franchir, un contrôle absolu du corps et de l'énergie vitale était insuffisant, il fallait atteindre l'équilibre de l'âme, troisième niveau de l'être, au-delà de la perception de la matière et de la sensation du temps. Mani Okondo croyait qu'il était parvenu au seuil du sixième cercle, et beaucoup de Kreels le croyaient également, voyant dans le colosse un futur maître du huitième cercle, un Eyo Makané capable de guider le peuple de Jaambé.

Mais Fari Kombo savait que cela ne pourrait pas être. Le Tsonko Sambuguzu, le chemin des cercles, permettait aux hommes de prendre conscience puis de maîtriser, successivement, leurs trois niveaux d'existence. Entre le sentiment initial d'être un corps indocile et capricieux et la suprême compréhension, la route était longue et difficile. Mani Okondo dominait désormais totalement son être de matière et son être d'énergie, et pour cela s'estimait digne d'admiration et d'envie. Mais tandis qu'il pensait s'approcher du sixième cercle, il ne faisait que s'en éloigner chaque jour davantage. Car pour que s'accomplît l'intégration de l'âme dans l'universelle harmonie, pour que fût atteint le troisième niveau d'existence, il fallait se purifier totalement de tout sentiment corrompu et mesquin, de tout attachement à de fausses valeurs, et expulser de son esprit toutes les angoisses inconscientes, toutes les psychoses cachées, tous les cauchemars enfouis sous les gravats du temps oublié ; il fallait être libre, totalement.

Mani Okondo était hautain, ambitieux, dépourvu d'humilité. Fari Kombo savait que l'orgueil du grand Kreel renforçait constamment ces obstacles, et qu'ils étaient devenus désormais infranchissables. Il avait toujours su qu'il en serait ainsi…

« Tu quittes l'enfance et deviens aujourd'hui un manga. Ton nom sera Mani Okondo, *le vent violent* dans le langage de nos pères. Nous t'appellerons ainsi pour ta force et ta fureur, mais n'oublie pas que les souffles glacés qui se déchaînent sur les monts du Limbu pendant tout l'hiver s'éteignent au premier jour du printemps, et que la montagne est toujours là. Elle restera bien après que les vents les plus puissants auront épuisé leurs forces… »

Les paroles que le vieux maître avait prononcées si longtemps auparavant étaient toujours présentes dans l'esprit du colosse. Pour lui, ce discours avait été une humiliation, et sa fierté blessée avait constitué une force supplémentaire qui l'avait aidé à progresser plus vite. Pour cela, il aurait dû être presque reconnaissant envers Fari Kombo, mais il n'éprouvait qu'envie et ressentiment, comme d'ailleurs face à tous ceux qui lui étaient supérieurs. Pourtant, cette fois-ci, sa gêne de se présenter devant le maître de Faya Nubangui était masquée par une pensée pour le moment bien plus forte : l'importance des révélations qu'il avait à faire, et les répercussions multiples qu'elles pouvaient avoir.

Mani Okondo pénétra dans la petite pièce aux

murs nus et au sol dallé qui servait de chambre au Naa-Makané. Un globe luminescent diffusait une lumière pauvre et verdâtre, éclairant le vieil homme accroupi sur une natte. Le corps de Fari Kombo était très différent de celui de la plupart des Kreels ; il était petit et très maigre, presque décharné. Mais chacun de ses muscles était sec et dur, et il avait un maintien très droit. Son visage dépourvu de rides, aux traits fins et harmonieux, avait un aspect presque juvénile, surprenant au milieu de sa chevelure blanche coiffée selon la tradition kreel. Le maître de Faya Nubangui donnait une impression d'exceptionnelle vigueur. Il venait d'entrer dans sa quatre-vingt-dix-huitième année.

Fari Kombo était totalement immobile, jambes repliées, genoux plaqués au sol, dos raide, bras inertes, tête rejetée en arrière. Il avait les paupières ouvertes, et Mani Okondo put voir que ses yeux avaient basculé dans leurs orbites, dessinant deux taches blanches au milieu de son visage noir. Le colosse savait que Fari Kombo avait adopté la position de méditation, celle qui permettait d'atteindre la transe du Kamunga Nagué ; pourtant il éprouva un net sentiment de malaise en observant le vieillard : son corps rigide, ses yeux vides, ses nattes qui tombaient jusqu'à terre, semblables à un linceul dont on l'aurait recouvert, tout en lui évoquait l'idée de la mort.

« Vent violent, vent glacé, tu t'acharnes et tu

t'entêtes, mais la montagne reste debout. Ton esprit bâtit des pics si hauts qu'ils t'arrêteront plus facilement que le Limbu arrête le souffle des tempêtes d'hiver. »

Mani Okondo se retourna brusquement. Quelqu'un, derrière lui, venait de lui parler. Pourtant, il n'avait ressenti aucune présence ; il était sûr d'être seul avec Fari Kombo.

« Personne n'a rien dit. Il s'est adressé à mon esprit et je l'ai perçu comme une voix extérieure. Il faut que je sache... »

Le grand Kreel fit à nouveau face au vieux maître toujours immobile et, dans un énorme effort de concentration, provoqua l'extension de tous ses sens à travers la pièce, à l'affût de la moindre information, de chaque vibration du champ d'énergie. Il décela alors une présence oppressante, qui l'entourait, le coiffait comme une énorme chape de pierre, et son malaise s'accrut. Son front se couvrait de sueur. Les pseudopodes sensoriels immatériels qu'il avait fait jaillir de son esprit se rétractaient les uns après les autres devant l'agression de cette force qui l'environnait, comme brûlés par les parois d'un four. Et cette chaleur insupportable s'insinuait aussi en lui, l'empêchant de raisonner, bloquant l'influx nerveux de ses neurones. Une pierre brûlante rougeoyait au centre de son crâne, vaporisant son cerveau, annihilant ses pensées qui fuyaient hors de lui comme de la fumée, jusqu'à ce qu'il fût totalement vide.

Puis, lentement, il revint à un état conscient. Une voix très lointaine l'appelait :

— Mani Okondo. Mani Okondo…

La voix se faisait de plus en plus forte, et soudain, il réalisa que le vieux Fari Kombo était debout devant lui et parlait :

— Mani Okondo…

— Que s'est-il passé ? J'ai eu mon esprit brûlé, anéanti. Qu'as-tu fait, Eyo Makané ?

— Tu es venu ici avec des pensées mauvaises et violentes. Je n'ai rien fait d'autre que refléter les émanations de ton propre cerveau, comme un miroir réfléchit les rayons du soleil.

— Tu n'aurais pas dû me traiter ainsi, Fari Kombo. Je suis venu sur ton ordre, pour t'apporter des nouvelles de…

— Je sais ! Veux-tu m'apprendre ce que je dois ou ne dois pas faire ? Tu as troublé ma méditation, mon Kamunga Nagué. Mon esprit flottait dans les couloirs, nageant dans le silence, l'obscurité et la fraîcheur des souterrains, en harmonie avec le roc noir et dur dans lequel est creusée la cité de pierre, point de rencontre du peuple kreel et de la terre de Jaambé. Mais tu es venu, et il y avait de la haine en toi. Tu ne comprendras jamais que ton orgueil et ton ambition sont tes pires ennemis. Tu es semblable à une étoile, Mani Okondo. Au début de son existence, l'astre émet une formidable luminosité, éclaire la nuit, émerveille chacun par sa brillance. Mais il se consume lui-même, et son avenir est tracé. Il ne fera que décliner et s'affaiblir, pour ne plus être qu'un petit amas de matière morte et froide. Mais à quoi bon crier aux étoiles qu'elles s'éteindront un jour ? Dis plutôt ce que tu as à dire !

Le colosse, encore sous le choc de l'épreuve qu'il venait de subir, resta abattu et passif devant le sermon. Il ne ressentait ni colère, ni humiliation, mais seulement un trouble profond. Il répondit machinalement à Fari Kombo :

– L'étranger a été soigné dès son arrivée. Il avait perdu beaucoup de sang, mais aucun organe vital n'est lésé.

– Fana Kabungué l'a vu ensuite, n'est-ce pas ?

La réflexion du vieux maître tira Mani Okondo de sa torpeur, en lui causant un agacement profond. Fari Kombo savait. Il savait tout ce qui s'était passé à Faya Nubangui, même cloîtré au fond des souterrains les plus obscurs et les plus isolés de la cité de pierre. Il était présent partout, observant par le regard des autres, écoutant par leur ouïe, percevant par leur toucher, s'insinuant même dans leurs pensées. Il était Eyo Makané, maître du huitième cercle, plus qu'un simple individu ; il était l'esprit du peuple de Jaambé.

Il méritait le nom qui lui avait été donné lorsqu'il était devenu un homme : Fari Kombo, *le cœur qui bat*. Il était pour la communauté de Faya Nubangui l'équivalent du cœur pour un être vivant, relié à chaque organe et à la moindre parcelle de peau par un appareil circulatoire ramifié en millions de capillaires omniprésents, source du flux d'énergie régénérateur, élément unique et indispensable d'où tout partait et où tout arrivait.

Mani Okondo n'eut pas envie de provoquer le vieil homme en montrant son exaspération. Il se contenta de répondre :

— Oui, il l'a vu. Et il aimerait vous parler à son sujet.

— Me parler ?

Fari Kombo eut un sourire ironique, et le colosse réalisa qu'il devait être depuis bien longtemps au courant de tout ce qu'avait appris Fana Kabungué, un des personnages les plus importants de la cité, responsable des pèlerinages sur les lieux sacrés, les Naa-Sakis. C'était dans l'un de ces endroits que des Kreels en voyage initiatique avaient découvert quelque temps auparavant l'étranger agonisant ; ils avaient décidé de l'emmener à Faya Nubangui, intrigués par la singularité de cet homme aux yeux de glace, seul survivant parmi le carnage, lui qui aurait dû cent fois mourir de ses blessures ou du froid meurtrier de la nuit de Magarth-Sikh. Fana Kabungué, maître du septième cercle, avait pris la responsabilité de garder et de soigner l'étranger. Et il avait ordonné à Mani Okondo de transmettre un message à Fari Kombo, et de demander au vieux maître de quitter sa sombre retraite d'ermite pour venir lui parler ; cela intriguait le grand Kreel au plus haut point. Il n'arrivait pas à imaginer ce que Fana Kabungué voulait dire ou montrer au Naa Makané qu'il n'ait pu lui faire comprendre lorsque leurs neurones s'étaient connectés lors de la transe télépathique, le Sayari Oko que les maîtres des niveaux supérieurs réalisaient presque en permanence pour échanger leurs pensées et leurs connaissances. Il se concentra un instant pour se souvenir avec exactitude des phrases qu'il devait prononcer:

— Fana Kabungué m'a demandé de vous répéter précisément ses paroles...

Le colosse s'interrompit un instant, espérant, en vain, impatienter Fari Kombo. Puis il reprit :

— « Je n'ai trouvé en lui qu'un sol aride, froid et nu, semblable à celui du grand plateau du Limbu au plein cœur de l'hiver. Rien n'y pousse. Il paraît incroyable que quoi que ce soit ait pu y pousser auparavant, et encore plus invraisemblable que quelque chose y pousse dans l'avenir. Aucun esprit humain ne peut être comparé au sien. Toute motivation et tout sentiment habituels ont disparu de son âme. Il n'y a plus qu'une seule chose qui émane de ce cerveau étrange, c'est un instinct animal monstrueux, hypertrophié, qui a chassé tout le reste. C'est une pulsion élémentaire et unique, qui à elle seule le fait vivre et agir. C'est l'instinct de conservation à l'état pur. Il est difficile de parler d'âme humaine. J'ai plutôt eu devant moi une machine à survivre et à tuer, comme un animal à la fois très primitif par l'unicité de son schéma de pensée et très évolué par la perfection de son mécanisme de conservation de l'individu. Je pense qu'il n'existe qu'un seul être comparable, un être très ancien, inchangé depuis des centaines de millions d'années, mais un être d'un achèvement absolu, ultime maillon de cette chaîne très particulière de l'évolution tendant vers l'exclusivité et l'unicité de la première pulsion de la vie. Cet être, c'est le squale. »

Pour la première fois depuis qu'il le connaissait, Mani Okondo vit dans le regard du vieux Fari Kombo une expression de perplexité.

CHAPITRE VII

« Qui détient le pouvoir ? Ni les rois dont la suzeraineté s'étend sur des milliers de planètes mais qui sont faibles, vulnérables, seuls ; ni les armées, dont la force brutale peut imposer n'importe quelle décision, mais qui sans les capacités d'un même homme à focaliser leur violence ne sont que des ramassis de fauves aux pulsions incohérentes ; ni les riches, dont l'argent paye armes, vaisseaux, soldes, achète les consciences et efface les scrupules, mais qui peuvent voir leur empire financier s'écrouler en un jour ; ni les fouineurs obscurs, espions avides manipulant tout dans l'ombre, détenteurs de secrets vénéneux, mais qui sont à la merci du bon vouloir des rois…

« Vous essayez d'imaginer le pouvoir comme une main énorme enserrant l'humanité. Ce serait plutôt une toile d'araignée, dont chaque fil est à la fois indispensable aux autres et impuissant sans eux. Et nous, tels des milliards de mouches, nous venons nous y prendre et nous y engluer.

« Pourtant, malgré ma raison, je ne peux éviter d'imaginer parfois qu'au coin de cette toile, tapie dans l'obscurité, se trouve une araignée, unique, monstrueuse, qui attend. »

Questions sur la nature de la société humaine.
Marok Ravon

Descente au cœur d'un autre monde... Ils avaient franchi cette ouverture sans porte, béante et sombre comme l'entrée d'une caverne, dissimulée derrière les décombres d'un taudis de la cité interdite ; ils s'étaient enfoncés sous terre par ce plan incliné au sol gluant, chassant devant eux des cohortes de petits animaux furtifs et couineurs ; ils s'étaient faufilés dans ce boyau étroit et sinueux plein de minuscules yeux phosphorescents et de grattements de pattes menues. Et maintenant, Sarim et son guide étaient arrivés dans Morg-Tarok, la cité d'en dessous.

Ils s'engagèrent dans l'immense réseau des égouts d'Orus, éclairés par la pâle lumière de leurs brilleurs de ceinture. Le Sashivas comprit qu'ils se trouvaient dans une des canalisations principales. On aurait dit quelque gigantesque avenue d'une ville désertée par les hommes et envahie par la fange d'une étrange mangrove. La vie avait colonisé ce monde obscur et puant, une vie mutante adaptée au manque de lumière et à la chaleur humide, une vie qui puisait son énergie dans le déchet et l'ordure de la plus grande métropole de l'Univers. Ils avançaient le long d'une des parois du tunnel, là où la boue était la moins profonde.

A chaque pas, les pieds de Sarim se couvraient de

filaments blanchâtres et gluants, algues décolorées formant un des premiers maillons de la chaîne alimentaire, piliers de l'écosystème de Morg-Tarok. De petits amphibiens, frêles et pâles, aux pattes atrophiées, plongeaient dans l'eau bourbeuse à leur approche, effrayés par la lumière. Chaque centimètre carré de mur était couvert de mousses et de lichens, et des plantes plus complexes poussaient accrochées à la voûte, des lianes translucides dont les grandes radicelles descendaient jusqu'au mélange nourricier de l'égout, formant d'épais rideaux végétaux qu'il fallait écarter pour progresser. Et cette jungle blanche grouillait d'insectes de toutes tailles et de toutes formes, phytophages ou prédateurs, rampant, volant, nageant, peuplant le sous-sol d'Orus de leurs myriades silencieuses et innombrables. Parfois, un sillage se formait dans la fange auprès des deux hommes, puis disparaissait dans un bouillonnement de grosses bulles. L'esprit de Sarim s'emplissait alors d'images grotesques et hideuses, tant il essayait d'imaginer l'aspect de ces bêtes enfouies sous la boue du collecteur.

Le Sashivas était mal à l'aise, trouvant cette vie souterraine malsaine, indécente. Qu'un tel monde ait pu se former à partir de déchets humains et continuer d'exister sous les pieds des Orusiens, cela le choquait. En fait, il avait peur de cette obstination primitive, fondamentale, qu'ont les êtres vivants de constamment modifier leur morphologie et leur physiologie pour subsister en n'importe quel lieu, dans n'importe quelles conditions, tant qu'il reste une seule possibilité de le faire. Il craignait, plus ou moins consciemment, de voir certaines choses insoutenables, certaines formes hideuses qu'aurait prises la vie pour s'adapter à ce répugnant monde d'égouts.

Plusieurs fois, ils tournèrent dans des canalisations secondaires, elles aussi envahies par la jungle pâle et dévorante de Morg-Tarok. Le gros homme avançait sans problème dans le labyrinthe, comme s'il suivait un invisible fil d'Ariane. Ils se retrouvèrent à pied sec, sur une allée émergeant hors de la fange. C'est alors que Sarim entendit des petits pas légers et rapides semblables à ceux d'un enfant qui trottine pour suivre un adulte. Il se retourna et les vit, à moins de trois mètres, eux, les seigneurs du monde d'en-bas, les super-prédateurs de cette jungle souterraine.

Ils étaient cinq, d'une espèce différente de celle qui se risquait à l'air libre, beaucoup plus gros, et plus hideux encore. Avec les énormes rats glabres de la cité interdite, aux yeux rouges et aux incisives en forme de crocs, Sarim pensait avoir vu l'aboutissement extrême de l'adaptation des opportunistes rongeurs aux cités humaines. Mais il avait maintenant sous les yeux la preuve que la vie peut toujours faire mieux, toujours trouver des formes plus adéquates, des organes plus performants au sein d'un milieu donné. Les cinq rats étaient monstrueux, d'une masse presque égale à celle d'un homme. Leur peau dépourvue de poil était visqueuse et livide. Ils avaient un corps très allongé, souple, et des pattes fortes aux doigts membraneux armés de puissantes griffes. Leur queue était large, aplatie ; leurs oreilles atrophiées, presque absentes ; de leur tête, on ne retenait que deux choses : les yeux, énormes, globuleux et blancs, remontés sur le sommet du crâne, et les dents, quatre incisives effroyables qui avaient pris la forme de poignards et que leur gueule rouge n'était pas assez grande pour contenir. Sarim sentit une main se poser sur son épaule et sursauta. C'était le gros homme qui l'accompagnait.

— Venez ! Vous ne risquez rien ; ils ne peuvent pas nous attaquer...

Le Sashivas reprit la marche sans pouvoir s'empêcher de penser aux monstres.

« Bien sûr qu'ils ne peuvent rien contre nous, et en plus ils ont l'air de le savoir... Je n'aurais jamais cru voir un jour des horreurs pareilles. Combien de temps a-t-il fallu pour que des rats se transforment comme ça ? Un million d'années ? Dix millions ?... A quelle époque est née Orus ? Ce doit être la plus ancienne cité de l'Univers, comme on le dit. Mais par tous les enfers, quel âge peut-elle bien avoir pour qu'une pareille vie se soit adaptée et développée dans ces égouts ? » Sarim songea avec une sorte de vertige aux histoires qu'il avait entendu raconter sur la mégalopolis. Certains prétendaient qu'elle était bâtie sur les restes d'une autre cité, une cité des premiers âges du monde, dont les ruines enfouies sous la terre communiquaient encore, par de profondes galeries, avec les souterrains de Morg-Tarok.

Le Sashivas entendit un brouhaha de cris et de pas, et aperçut une forte lueur qui diffusait de la paroi du tunnel. Une vaste arcade était ouverte dans le mur et donnait sur une grande salle dallée remplie d'une foule dense et bigarrée, violemment éclairée. C'était un des marchés de la ville d'en dessous, et aux puissantes odeurs qui en émanaient, couvrant l'infection de l'égout, Sarim comprit qu'on y vendait les sept drogues. Le jeune Sashivas respirait mieux, rassuré par le spectacle de cette vie humaine ; mais en même temps, il éprouvait une certaine angoisse, ressentant que ce marché était le dernier bastion du Kalam-Zaroun. Au-delà, on plongeait dans le mystère des zones sombres de Gaurothrol.

Ils dépassèrent la salle sans s'arrêter et retrouvèrent rapidement l'obscurité et la puanteur. Ils s'engageaient dans des galeries de plus en plus étroites, et Sarim constata avec un malaise croissant que les tortueux couloirs s'enfonçaient dans les profondeurs de la terre. Malgré la nuit devenue presque totale et la température qui baissait, la vie était toujours présente. Soudain, au détour d'un souterrain, le Sashivas aperçut une silhouette voûtée qui disparut immédiatement dans le labyrinthe, une silhouette humanoïde.

— Vous avez vu, il y avait un homme devant nous ! Il a filé par là...

Le guide de Sarim tourna lentement sa face massive.

— Il n'y avait rien. Personne ne vient à ce niveau...

Puis il reprit sa marche vers les profondeurs de la cité. Le Sashivas n'arrêtait plus de penser à ce qu'il venait d'entrevoir :

« Je ne suis pas cinglé... Il y avait un type qui se

baladait dans le coin. Peut-être des gens vivent-ils en bas, en dessous de Morg-Tarok... La cité ensevelie peut très bien exister, après tout... Et s'ils ont subi des modifications... Comme les rats... Par les dieux, il vaut mieux laisser tomber tout ça! »

Soudain, le gros homme s'arrêta au beau milieu d'un couloir et, à un endroit où Sarim ne put voir aucune différence avec le reste du mur, appliqua la paume de sa main. Un panneau pivota, découvrant un passage. Le guide fit signe à son compagnon de le suivre et s'y engagea. Derrière eux, la lourde porte se referma brusquement. Ils se trouvaient dans une petite pièce aux parois métalliques percées de trous. Dans le plancher s'ouvraient également des orifices.

— C'est un sas; un sas de lavage... Nous avons marché dans les égouts, et Hazan Rayek tient à ce que ses visiteurs soient propres...

La voix du gros homme avait pris d'étranges intonations lorsqu'il avait prononcé le nom de Hazan Rayek. Sarim y avait décelé une sorte d'adoration mystique; de la crainte aussi...

« Curieuse, cette façon d'articuler le nom de son patron. On dirait qu'il en a peur. Je ne croyais pas cette brute épaisse capable d'avoir la trouille de quelqu'un! »

Dans une des parois du sas était ménagée une petite niche contenant un heaume de cristacier; le guide du Sashivas s'en empara, et après un long moment d'hésitation, y glissa sa tête massive. Sarim avait la nette impression que son compagnon agissait ainsi à contrecœur. Le gros homme ouvrit le boîtier encastré dans son plastron de cuirasse, où se trouvaient une série de commandes digitales, et déclencha le système de verrouillage magnétique : le gorgerin du casque se plaqua avec un bruit mat contre la partie supérieure de l'armure. Le heaume, à l'instar de ceux des guerriers barbares, possédait une large ouverture, découvrant toute la face des sourcils au menton. Le guide de Sarim rabattit la vitre de protection en cristoplast renforcé devant son visage ; elle se verrouilla automatiquement. Le gros homme était désormais enfermé hermétiquement dans une carapace de cristacier. Il enclencha le circuit autonome de son armure et referma le petit boîtier de commande.

Des jets d'eau chaude à haute pression giclèrent des trous ménagés dans les parois de la pièce, et rapidement, l'air devint surchargé de vapeurs brûlantes. Le Sashivas, à son tour, obtura l'ouverture de son casque par une visière de cristoplast transparent. Son heaume ouvragé était d'un modèle comparable à ceux utilisés par les soldats des mondes du centre ; l'échancrure était réduite, en forme de T coupé en son milieu par un nasal, découvrant seulement les yeux et la bouche. Ce système protégeait mieux mais limitait le champ de vision. Les mercenaires des planètes sauvages, âpres à donner la mort, téméraires et cruels, préféraient exposer leur visage mais ne pas être handicapés au combat par une mauvaise appréciation des mouvements de l'adversaire. Les guerriers des quatre alliances, au cœur plus faible, se souciaient davantage de préserver leur intégrité physique que de remporter la victoire. Le cristoplast renforcé de la visière du casque offrait une bonne protection, mais sa résistance était loin d'égaler celle du cristacier : une lame Gaïnkish pouvait le traverser aussi aisément qu'une pointe d'acier perce une feuille de papier. On se faisait une idée du courage d'un soldat à la taille de l'ouverture de son heaume : ceux qui ne craignaient pas de découvrir leur visage songeaient avant tout à vaincre ; ceux qui se cachaient la face derrière une carapace de métal pensaient surtout à se sauver…

Sarim imita son compagnon en mettant en marche le circuit autonome de son armure. Jusqu'à présent, il n'avait pas voulu le faire, même au milieu des exhalaisons méphitiques de Morg-Tarok, afin d'économiser son oxygène, et surtout par curiosité. Il avait souhaité s'imprégner de l'atmosphère d'Orus, de ses couleurs, de ses sons, et aussi de ses odeurs. Cette ville le dégoûtait, lui donnait la nausée, et en même temps le fascinait. Il s'était forcé à garder son heaume ouvert dans les égouts pour ne rien perdre des sensations que lui procurait la cité géante.

Dans le sas, la température grimpait sous l'effet de la vapeur, mais Sarim n'éprouvait aucune gêne due à la chaleur. Son armure de cristacier était bien plus qu'une protection, c'était véritablement une seconde peau. Sous le métal circulaient des milliers de canalisations extrêmement fines formant un réseau capillaire rempli d'un liquide inerte, réchauffé ou réfrigéré selon les besoins par une minuscule installation thermique logée dans un réceptacle fixé à la dossière de cuirasse ; ce réceptacle contenait également une réserve d'oxygène liquide permettant de respirer à l'abri de l'atmosphère ambiante. Chaque armure de cristacier était un véritable chef-d'œuvre fabriqué sur mesures pour un unique être humain. De multiples plaques de métal articulées entre elles par un système de fixation magnétique assurant une étanchéité absolue formaient une carapace d'une incroyable résistance mais légère, souple, n'entravant aucunement le moindre mouvement du corps. De la crête du heaume à la pointe des solerets, une armure de cristacier était conçue pour s'adapter parfaitement à l'anatomie de son utilisateur ; même les gantelets étaient étudiés pour ne pas gêner les gestes les plus délicats des doigts, tout en assurant aux mains une protection totale. Le métal était doublé d'une combinaison en fibres composites à base d'amiante dans laquelle circulaient les canalisations du réseau capillaire, destinée à assurer un confort parfait et à maintenir l'étanchéité de l'armure en cas de dommage grâce à ses capacités d'auto-obturation par mousse synthétique. Un mini-ordinateur encastré dans le plastron de cuirasse contrôlait le système de fermeture et d'articulation magnétique, la température de l'installation thermique, l'alimentation en oxygène et le mécanisme de réparation des fuites. Grâce à une armure de bas de gamme, on pouvait survivre pendant des heures au milieu de gaz toxiques, résister à des expositions prolongées aux radiations et encaisser des températures variant d'une zone proche du zéro absolu jusqu'à plus de deux mille degrés kelvin. Celle de Sarim était d'une qualité supérieure, et possédait des performances encore plus élevées.

Les jets s'arrêtèrent, et l'eau chargée de la boue de Morg-Tarok qui s'était accumulée sur les deux hommes disparut par les orifices percés dans le sol. Un air chaud et pulsé sécha les armures pendant un long moment. Lorsque le nettoyage fut enfin achevé, le guide au crâne chauve commanda l'ouverture d'une porte qui faisait face à celle donnant sur les égouts. Le Sashivas avait ressenti, durant ces quelques minutes où il avait été lavé des souillures de la jungle souterraine, une sensation bizarre, une sorte de modification de la gravité : il avait d'abord eu l'impression de décoller légèrement du plancher, puis ensuite au contraire d'y être écrasé, comme s'il s'était trouvé en fait dans un ascenseur en train de descendre… Mais le Sashivas s'efforça de chasser cette idée de son esprit.

« Je suis crevé. Voilà des heures que je marche dans cette putain de ville… J'ai failli me faire trouer le bide par un Balroog ; je me suis trouvé entouré par des zombies à face humaine et par des rats géants ; j'ai rampé dans la merde de cette cité pourrie. Et maintenant, je deviens cinglé… Tu ne tournes pas rond, Sarim ! Tu vois des types qui n'existent pas rôder dans les souterrains… Tu imagines que le meilleur soldat que tu aies jamais eu devant toi fait dans son froc rien qu'en pensant à son patron. Et tu confonds une salle de bains avec un ascenseur ! Reprends-toi, mon vieux ! Maintenant, il va falloir négocier le marché de ta vie… Reprends-toi, oublie ces conneries ! »

Le guide de Sarim coupa le verrouillage magnétique du gorgerin de son casque et ôta son heaume avec un soulagement évident, avant de le reposer dans la niche où il l'avait pris en entrant dans le sas.

« On dirait qu'il ne supporte pas d'avoir une protection sur la tête, songea le Sashivas. Ce type ne ressemble vraiment à personne d'autre. »

Les deux hommes franchirent la porte et suivirent un long couloir aux parois entièrement recouvertes de cristacier bleu ; ils arrivèrent devant une porte blindée, un énorme panneau de métal luisant. Le gros guerrier chauve en déclencha l'ouverture, et il pivota, révélant son incroyable épaisseur, monstrueux opercule de plusieurs tonnes. Mais Sarim n'avait d'yeux que pour les deux gardiens qui encadraient le passage. Il avait l'air d'un enfant auprès d'eux. Ils étaient grands, mais la largeur de leurs épaules et la profondeur de leur poitrine étaient telles qu'ils paraissaient presque courtauds. Leurs membres étaient disproportionnés, bras immenses et épais, jambes brèves et puissantes semblables à des colonnes de pierre. Leur casque laissait deviner la forme de leur crâne, énorme, aplati, et on pouvait apercevoir leurs mâchoires proéminentes, carrées et velues. Sarim reconnut des Oglouks. Outre leur hache de Gaïnkish, ils étaient dotés d'une arme à rayonnement laser et d'une grosse lance thermique, assez puissante pour réduire en cendres tout ce qui se serait aventuré dans le couloir sans la protection du cristacier. Le Sashivas avait l'impression d'être descendu dans la salle des coffres de la banque de l'Union des Marchands de Sashra-Zinki, la mieux gardée de l'Univers, disait-on. Il se hâta à la suite de son guide, frissonnant lorsqu'il fut entre les deux cerbères. Puis la lourde porte de céramacier se referma, et Sarim se sentit soulagé d'être séparé des Oglouks par plus d'un mètre de métal.

Il se trouvait maintenant dans une immense salle au plafond de pierre sculptée soutenu par une double rangée de colonnes de marbre. Les murs étaient entièrement tendus de soieries de Pazad-Lühn, et le sol était recouvert d'un jade étrange et beau dont les reflets verdâtres donnaient au visiteur l'illusion de marcher sur l'eau. Le Sashivas était émerveillé par la richesse de ce palais, et en même temps intrigué qu'une demeure aussi grande ait pu trouver place au sein du réseau dense des égouts et des canalisations. Car il semblait ne pas y avoir de fin aux pièces que traversaient les deux hommes, toutes richement décorées, au sol disparaissant sous la profusion des tapis tindaris et des fourrures précieuses. Et dans chaque salle traversée, des portes s'ouvraient sur de nouveaux couloirs, si bien que le palais souterrain donnait l'impression d'être gigantesque. Au fur et à mesure qu'ils avançaient, Sarim décelait des modifications dans l'expression de son guide. Le gros homme avait été jusqu'alors parfaitement impassible, même lors de l'affrontement avec les Balroogs. Maintenant, il paraissait en proie à un mystérieux tourment, mélange de malaise et de désir impatient. Le Sashivas songea qu'il avait déjà vu cet espèce de trouble se manifester chez certaines personnes.

« C'est bizarre, il fait la même tête que les camés au Fazireh quand ils viennent chercher leur dope. Il n'a pourtant pas l'air d'un mec qui s'envoie du Fazireh dans les veines... »

Ils débouchèrent finalement dans une pièce plus grande que toutes celles qu'ils avaient traversées, et pour la première fois, Sarim put voir les habitants du palais souterrain. Ils étaient nombreux, hommes et femmes, surtout des Orusiens mais aussi des gens d'autres peuples du centre. Tous avaient les gestes lents et réguliers, la démarche raide et les yeux vides des naugrods, les morts-vivants. Tout au fond, au sommet d'une estrade de marbre, assis sur un trône de cristal blanc, Hazan Rayek observait les nouveaux venus.

En arrivant à Orus, Sarim ne connaissait que peu de choses sur le maître de la cité interdite. On savait qu'il était immensément riche, qu'il contrôlait tout le marché de Morg-Tarok, une grande partie de celui de Koroum-Tarok et environ la moitié des transactions effectuées dans l'Iman-Tarok. La plupart des immeubles de l'Asam-Tarok lui appartenaient, et même le grand bidonville n'échappait pas à sa mainmise sur Orus. Il possédait des entreprises dans tous les mondes du centre, qui constituaient à la fois des sources de bénéfices et de bonnes couvertures pour certaines activités, comme le commerce des sept drogues ou la transformation des esclaves en naugrods. Et depuis très longtemps, on entendait parler d'Hazan Rayek ; depuis tellement longtemps que des hommes perspicaces, dont était Sarim, pensaient qu'en fait Hazan Rayek n'existait pas. Pour eux, ce n'était qu'un nom qu'on brandissait pour faire peur, une sorte d'épouvantail qui aidait la maffia d'Orus à mieux contrôler ses diverses activités. En partant pour la métropole géante, le Sashivas ne s'attendait pas à se trouver face à un roi perché sur son trône, mais plutôt à discuter affaires avec une assemblée de personnalités importantes du Milieu orusien.

Pourtant, en suivant son guide jusqu'au cœur de la ville, en descendant dans les égouts grouillants de vie de Morg-Tarok, Sarim s'était peu à peu persuadé qu'il allait effectivement être confronté à un roi, un roi caché et tout-puissant. Car pour la première fois, le jeune homme avait vu cette cité telle qu'elle était vraiment, en avait perçu toutes les vibrations, avait ressenti la vie qui habitait ce monstrueux cancer dévorant la planète, Orus. Et il avait compris qu'une telle ville, une telle chose, ne pouvait pas être dirigée par quelques respectables patrons se dissimulant derrière un nom fantoche mais seulement par un roi, un roi mystérieux et légendaire, Hazan Rayek, celui dont parlaient les contes de tous les peuples de l'Univers.

Mais même avec une imagination délirante, on ne pouvait pas réaliser le dixième de la véritable puissance du maître de la cité interdite. Il possédait des centaines de vaisseaux interstellaires, était le principal actionnaire de gigantesques conglomérats dont le pouvoir s'étendait sur toutes les planètes des mondes du centre, et cela sans que jamais n'apparût directement son nom. Son contrôle s'étendait sur la majorité des grandes banques d'Orus et des principautés sashivas, les plus riches de l'Univers. Sa main-mise sur le trafic des sept drogues et sur celui des esclaves était absolue, et la moitié des cristaux Gaïnkish extraits des planètes extérieures sortait de mines lui appartenant. Il avait prêté de l'argent à tous les monarques des peuples centraux, et même le grand empereur des Thorgs lui était redevable, sans l'avoir jamais vu. Il pouvait susciter les guerres, y mettre fin, décider des vainqueurs. Ses espions étaient présents dans chaque palais, au sein de chaque ambassade. Ses fantasmes mettaient en jeu des milliers d'existences. Les seuls hommes échappant à son invisible contrôle étaient les barbares des mondes sauvages, inaccessibles aux désirs et aux faiblesses qui lui permettaient d'agir sur les autres civilisations. Ceux-là convoitaient seulement ce que leur propre force leur permettait de prendre. Ils étaient trop proches des animaux pour que l'on jouât sur les sentiments complexes, subtils et décadents qui agitaient les peuples évolués. Mais leur temps viendrait...

Car ce qui rendait Hazan Rayek si différent des autres grands décideurs du destin de l'humanité, ce n'était ni son ambition, ni sa cupidité, ni son absence de scrupules, ni son intelligence machiavélique, ni la fascination qu'il exerçait sur son entourage. Il était différent parce qu'il avait le temps...

Le petit Sashivas détailla le vieillard assis sur son trône blanc. C'était un Orusien, mais il avait le teint livide, car jamais il ne quittait sa demeure souterraine. Il devait être très âgé. Sa maigreur était effroyable, et sa tête chauve dont la peau fripée semblait plaquée à même les os était perchée sur un long cou de vautour. Son corps semblait avoir cent ans, mais dans son regard, on lisait un âge infini. Il était vêtu d'une longue robe rouge dont l'unique ornement était constitué de deux cercles de taille égale, cotangents, et d'un troisième plus petit centré sur la jonction des deux autres ; fixés sur le vêtement au niveau de la poitrine, ils diffusaient une étrange lueur. Sarim ne reconnut pas la matière dont ils étaient issus ; ils semblaient être faits d'énergie pure...

Le gros homme qui avait accompagné le Sashivas dans sa traversée d'Orus vint se placer à côté de l'estrade de marbre. Son visage reflétait une sorte de jouissance teintée de dépendance servile, et Sarim ne put s'empêcher de faire une nouvelle fois la comparaison avec les utilisateurs de Fazireh. Tout autour de lui, les naugrods se déplaçaient toujours avec leurs mouvements d'automates, marionnettes vivantes dont le vieil homme tirait les ficelles. Le Sashivas réfléchissait à l'utilisation que pouvait en faire Hazan Rayek.

« Il doit aimer s'entourer de serviteurs entièrement à sa botte et pas dangereux du tout. Et il n'y a sûrement pas que ça... Ils sont tous plutôt jeunes et beaux, les hommes comme les femmes. Je parie que ce vieux salaud est camé au Korofel jusqu'à la moelle... »

Hazan Rayek avait dû surprendre le regard de Sarim. Il se mit à parler, d'une voix étrangement jeune :

— Ce ne sont pas des naugrods, des shad-zooris comme on dit ici. Du moins pas au sens où vous l'entendez... Mais vous avez demandé à me parler. Je vous écoute.

Le jeune homme de Sashra-Zinki avait repensé des dizaines de fois au discours qu'il allait prononcer, mais maintenant, il était comme paralysé devant ce vieillard tout-puissant duquel émanait un mystérieux magnétisme. Le contraste entre son corps sénile et sa voix forte et claire mettait Sarim mal à l'aise ; sa réflexion à propos des serviteurs qui l'entouraient également. Le Sashivas se décida finalement à entamer le monologue qu'il avait préparé et connaissait désormais par cœur :

— Je suis venu vous proposer l'achat d'un objet...

Sarim détacha de sa ceinture une petite boîte métallique et la déposa à ses pieds.

— Cet appareil a enregistré une image grandeur nature de l'objet en question.

Au-dessus du minuscule projecteur se matérialisa un hologramme qui représentait un bloc oblong de cristal, presque aussi haut qu'un homme et d'une largeur comparable. C'était un Gaïnkish aux reflets changeants, tantôt verts, tantôt bleus : du Baurogorth, la matière la plus rare de l'Univers. D'après l'image en trois dimensions, le cristal était sans défaut, et assez gros pour y tailler une énorme épée à deux mains.

— Comme vous pouvez le constater, cette pierre peut permettre la fabrication d'une arme de très grande valeur, une arme unique...

Sarim cherchait à déceler une réaction chez le vieillard, de l'émerveillement, du désir, de l'étonnement au moins ; mais Hazan Rayek restait impassible. Cette absence d'émotions agaçait et inquiétait le Sashivas. Cependant, au moment où il s'apprêtait à reprendre son exposé, le vieil homme prit la parole :

— C'est inexact. Je vous concède que l'épée que vous évoquez aurait une valeur incalculable. Mais elle ne serait pas unique. Il existe déjà huit lames d'une taille comparable. Je suppose que vous êtes au courant ?

— Oui, mais cette...

— Cinq d'entre elles sont en Imrül, la roche noire des Harriks. Les cristaux furent extraits du sol de leur maudite planète bien avant qu'ils n'y habitent, et cinq armes identiques y furent taillées, qu'on appela les cinq faucheuses. Cela, vous le savez certainement... Elles sont passées entre bien des mains, ces effroyables buveuses de vies. Un souverain kalindos avait même réussi à les posséder toutes les cinq... Mais son empire s'est écroulé, et elles se sont dispersées. Pourtant, aujourd'hui, quatre sont rassemblées sur la même planète, détenues par ceux qui les méritaient le plus, des buveurs de vies eux aussi, insatiables démons... Les quatre grands prêtres de la religion la plus épouvantable jamais engendrée par l'imagination humaine, les maîtres du culte de la mort, les commandeurs des Uktuhls, ces vautours fanatiques ! Et les deux épées de Narok rouge, qui jadis avaient appartenu aux rois maraquendis et dont Yassaranil IV s'empara ! Elles aussi ont quitté les mondes du centre... Un chef moog-saï aux mutilations immondes abreuve de sang l'une d'entre elles. Mais l'autre ! L'autre ! j'ignore où elle est, quel fauve à face humaine la serre entre ses doigts crochus... Et pareillement, deux autres échappent à mes visions ; une noire et la plus belle de ces tueuses, la plus maléfique, celle de Baurogorth... Qui donc peut les soustraire à ma connaissance ? Qu'il soit damné !...

Sarim était terrifié par les inflexions horribles qu'avait prises la voix de Hazan Rayek, et stupéfait par le savoir de l'inquiétant vieillard. Lorsque la puissance des premiers grands empires centraux, maraquendis et kalindos, s'était effondrée dans le feu et le sang, la trace des huit épées s'était perdue, sauf pour le roi de la cité interdite... Le Sashivas était persuadé que personne ne pouvait posséder plus de renseignements que lui sur ce sujet. Ni sur aucun autre sujet d'ailleurs... Il déglutit sa salive et reprit son discours. Mais cette fois, les mots sortaient avec difficulté de sa bouche :

— Je suis donc venu vous offrir d'acheter ce bloc de Gaïnkish ; pour trois milliards de yariks... »

Hazan Rayek se mit à rire, d'un petit rire étrange, dont les sons ne paraissaient pas vraiment humains.

— C'est une somme énorme. Et vous devez bien penser que maintenant que vous êtes là, dans mon palais, je pourrais vous... persuader de me remettre ce cristal gratuitement.

— J'ignore où il se trouve. Quoi que vous fassiez, je serais donc incapable de vous le donner...

A ces paroles, le gros homme qui avait pris place

aux côtés d'Hazan Rayek eut un mouvement brusque pour saisir sa hache, et Sarim fut convaincu qu'il allait lui fendre le crâne. Mais il se calma aussitôt, sans que le vieillard lui eût adressé le moindre geste, ni même un regard. Le maître de la cité interdite était resté impassible, comme s'il avait prévu cette réponse.

— Continuez, je vous prie...

— Le Gaïnkish a été caché dans la ville d'Orus par Sinrod. C'est mon serviteur, un androïde... Bien sûr, il est impossible de tirer de lui un quelconque renseignement sans mon accord. Voilà ce que nous allons faire : si la transaction vous intéresse, vous me remettrez la somme de deux milliards de yariks en bons au porteur payables à la Banque de l'Union des Marchands de Sashra-Zinki, plus un milliard sous forme de grosses coupures, de façon à ce que le tout puisse loger dans une mallette. Je quitterai votre palais avec l'argent, en compagnie de votre garde du corps, qui d'après ce que j'ai vu est tout à fait en mesure de dissuader n'importe qui de s'en prendre à ce que je transporterai. Il faudra qu'il y ait avec nous un autre de vos hommes de confiance. Je retrouverai Sinrod à un endroit dont nous sommes convenus.

« Là, il vérifiera que je suis en possession de l'intégralité de mes moyens physiques et mentaux. C'est un androïde très perfectionné, doté de programmes spéciaux. Si j'ai été torturé, si je suis sous l'effet d'une quelconque drogue, hypnose ou tout autre moyen de pression, il s'en rendra compte. Si tout va bien, il conduira un de vos hommes à l'endroit où il a dissimulé le cristal. Pendant ce temps, votre garde du corps m'accompagnera au spatioport. Je suis relié directement aux circuits de mon androïde grâce à une capsule émettrice implantée dans mon cerveau. Si je suis tué, ou simplement s'il se passe quelque chose d'anormal, Sinrod le saura, et vous n'aurez jamais le Gaïnkish, car je suis sûr qu'il l'a très bien caché.

« Tout est parfaitement minuté. Sinrod donnera le bloc de cristal au moment où je serai sur le point d'embarquer. Vos deux serviteurs pourront être en liaison permanente. Si jamais je vous ai menti, votre cerbère le saura, et je pense que cela ne le dérangera pas de me liquider et de récupérer l'argent. Mais Sinrod remettra cette pierre, je vous l'assure. Et dans ce cas, je suppose que vous me laisserez repartir avec la mallette. A moins que vous ne soyez prêt à me faire tuer en plein spatioport malgré tout ; mais je ne crois pas que vous ayez envie d'attirer l'attention sur vous si vous vous retrouvez effectivement en possession du Gaïnkish.

Hazan Rayek se remit à rire, longuement, et cette fois-ci, Sarim perçut nettement dans son rire des sortes de grincements, des craquements de crécelle métallique qui ne pouvaient être issus d'une voix humaine. De grosses gouttes de sueur perlèrent sur le front du Sashivas tandis qu'il cherchait désespérément à comprendre où on pouvait trouver une faille dans son plan ; il n'en voyait aucune... Le vieillard tourna vers lui sa face desséchée par le temps et lui parla d'une voix étrange, différente de celle qu'il avait employée précédemment ; une voix caverneuse, rauque, presque inaudible :

— Tu es très prudent, mon jeune ami. Tu penses avoir tout prévu. Malheureusement, il est toujours très difficile de tout prévoir, vois-tu. Pour y parvenir, il faut de l'expérience, du temps, beaucoup de temps. Regarde-moi ! Mon corps est sénile, fini, encore beaucoup plus vieux que tu ne le crois. Mais toi, tu es jeune, en parfaite santé... Et ton esprit... Ton esprit ! Dévoré d'ambition, dénué de scrupules, faisant fi de tous les sentiments ridicules et encombrants, il ne tire satisfaction que d'une chose : l'exercice du pouvoir absolu. Depuis bien des années j'attends la visite de quelqu'un comme toi. Oh oui, bien des années... Et maintenant tu vas être mon successeur ! En quelque sorte...

Sarim était figé sur place, envoûté par la voix horrible et fascinante, par le faciès de vautour du vieillard. Et il ne pouvait détacher son regard des yeux d'Hazan Rayek, ces yeux qui semblaient porter en eux la trace d'une vie à l'ancienneté effarante, ces yeux qui étaient en train de changer de couleur, devenant rougeoyants comme des brandons enflammés...

Le Sashivas eut soudain l'impression écœurante et atroce qu'une bête molle, chaude et gluante s'insinuait lentement à l'intérieur de son crâne.

*
**

Oningu rentre tout essoufflé dans la maison-au-creux-de-l'arbre. Il a couru pour attraper Jakotoru, *l'écureuil malicieux*, sans y parvenir.

Aru Barani, accroupi derrière son tour de potier, modèle l'argile fraîche de ses habiles mains d'aveugle. Il reconnaît le pas léger de son petit-fils et sourit.

— Tu auras cinq ans demain, Oningu. Tous tes amis viendront pour cet événement. Il y aura Nongo le sculpteur d'arbres et ses trois enfants ; et Fayuni le charpentier sera là aussi, avec Sarimani, sa femme, et leur fille, celle qui a une si belle voix ; et je crois que…

— Grand-père, est-ce que mes parents reviendront ?

Le vieil homme s'arrête de travailler ; son front se plisse. Il tourne son visage aux yeux morts vers Oningu.

— Non. Ils sont partis pour toujours ; ils sont retournés vers Jaambé.

— Jaambé, c'est un homme très puissant ? C'est lui qui a créé le monde, n'est-ce pas ?

— Non, Oningu. Ça, c'est une histoire pour les tout petits enfants, et pour les adultes un peu sots. Tu es assez grand maintenant pour savoir. Jaambé n'a pas créé le monde ; il *est* le monde. Tu es Jaambé, je suis Jaambé, la forêt est Jaambé, l'étoile dans le ciel est Jaambé. Ce que tu vois, ce que tu entends, ce que tu rêves, ce sont des manifestations de l'unique, du tout, de l'éternel, de Jaambé…

— Grand-père, je ne comprends pas.

Aru Barani se met à rire, de son rire chaud et grave. Il arrache au bloc de glaise qui est près de lui une motte de terre rouge et humide, la pétrit, et en quelques minutes, en fait un petit personnage. Il le tend à Oningu.

— Il est à toi. Comment veux-tu l'appeler ?

— Jakotoru ! L'écureuil !

— Très bien. Nous avons maintenant un nouvel ami. Pourtant, il y a un instant, il n'existait pas...

— Non...

— Mais d'une certaine façon, il existait ! Toi et moi en avons fait Jakotoru, l'écureuil. Mais avant que je lui donne une forme et que tu lui donnes un nom, il était là, mêlé à la glaise. Tu comprends ?

— Oui ! Oui, grand-père !

— Cette argile, l'argile brute de ce bloc, et l'argile dont est fait Jakotoru, c'est la même et unique matière. Jaambé est comme cette argile ; il est l'essence de toute chose, il est ce dont toute chose est issue ; et il est ce à quoi toute chose retourne. Si je prends Jakotoru, si je le pétris et si je le mélange au gros morceau de glaise, il sera retourné à la matière dont il a été extrait. Mais il ne sera pas détruit pour autant, n'est-ce pas ?

— Non, il ne sera pas détruit...

— Et il sera impossible de distinguer Jakotoru du reste de l'argile. Il sera devenu le bloc d'argile...

— Oui...

— C'est la même chose pour tes parents. Ils se sont libérés de leur nom, de leur forme, de leur individualité pour redevenir l'unique, l'universel et l'éternel. Ils ont retrouvé leurs ancêtres, tous ceux du peuple Kreel, et toutes les formes de vie qui ont abandonné l'illusion d'être séparées des autres. Maintenant, ils ne sont plus qu'un ; ils sont Jaambé.

— Oui, mais ils ne sont plus avec moi !

— Tu les retrouveras, Oningu. Ce sera même mieux : tu seras eux, ils seront toi. Ça n'est pas triste, tu sais. Bientôt, je retournerai moi aussi à Jaambé. Il faut s'en réjouir, car je quitterai l'illusion passagère d'être Aru Barani pour retrouver l'infinie vérité d'être le tout impérissable...

Oningu s'approche de son grand-père et lui prend les mains, ses vieilles mains pleines de glaise rouge. De grosses larmes coulent sur les joues de l'enfant. Il parle avec difficulté, car sa gorge s'est nouée :

— Grand-père... Je préfère que tu restes...

CHAPITRE VIII

« Dans les sociétés primitives, l'individu ne compte pas ; seule est reconnue la nécessité de survie de la communauté. La mort de l'élément est nécessaire à la continuité du tout, et la disparition est sacrée, vénérée, célébrée, comme l'est la naissance. Car l'une et l'autre doivent se produire pour que vive l'espèce, à jamais.

« La survie de la communauté étant devenue facile, nos sociétés ont inventé la notion d'individu ; le tout assuré de subsister, l'élément a gagné le droit à l'existence. Alors la mort, simple étape sur le chemin du groupe humain, s'est transformée en fin de l'être humain.

« Elle n'est plus événement nécessaire et familier, mais anéantissement, négation. Son nom est tabou, sa représentation monstrueuse. L'idée de la mort s'est muée en un cauchemar fiévreux peuplé de hideuses allégories.

« Nous avons créé l'unique, le libre arbitre, l'indépendance ; nous avons donné naissance à l'individu. Et en même temps, nous avons suscité une angoisse sournoise, rampante, dévorante, une terreur indicible et insurmontable ; nous avons engendré la peur de la mort. »

Questions sur la nature des sociétés humaines.
Marok Ravon

Les cent vingt portes de cristal translucide entourant Eden-Lomir s'ouvrirent en même temps, et l'armée d'Eremaül IV sortit de la ville en longues colonnes blanches semblables à des rayons de lumière jaillissant de la cité, dont les hautes flèches de verre et de métal étincelaient sous le soleil bleu de Sharangir. En haut des remparts d'acier poli, la foule des Fabériens acclamait ses soldats, et partout, au sommet des minarets teintés d'azur par la clarté du matin, sur les arcs-boutants des palais de quartz, on se pressait pour admirer la grande armée des chevaliers de Faber. Tous les habitants d'Eden-Lomir semblaient s'être massés sur les hauteurs de leur ville afin d'assister au spectacle grandiose des hommes marchant vers le sang et la mort. Les femmes avaient revêtu leurs plus belles robes blanches, comme pour une fête ; les chevelures dorées encadraient des figures souriantes, et les yeux gris brillaient de plaisir et de fierté. Mais au milieu de la liesse générale, il y eut des bouches pour se lamenter, des ongles pour griffer les visages, et des joues pour accueillir les larmes, car le miel Shayuzi qui effaçait les peurs et les angoisses avait manqué à Eden-Lomir, et tous n'avaient pu en recevoir. Ceux qui en étaient privés allaient vivre pleinement le cauchemar qui devait s'abattre sur Sharangir.

Les premières troupes à quitter la ville furent les bataillons des soldats d'élite. Leurs armures de cristacier blanc étaient magnifiques, ornées de pectoraux en métal repoussé dessinant l'emblème de leur régiment, rehaussées d'arabesques noires au niveau des coudes et des genoux, travaux d'orfèvres plus que d'armuriers. C'étaient des hommes jeunes, enthousiastes. Ils avaient choisi une carrière militaire dans l'espoir d'accomplir de fabuleux exploits qui leur ouvriraient toute grande la porte de la gloire et du titre de chevalier. Ils ne rêvaient que de batailles, ne parlaient que de combats héroïques, croyant les royaumes de Faber toujours à l'époque de leur splendeur, quand les guerriers aux yeux gris remplissaient l'Univers des échos de leurs victoires.

Personne ne les avait détrompés, car plus que jamais on avait besoin d'hommes pour l'armée. On les avait entraînés quelque temps, revêtus d'armures superbes et affublés du nom de soldats d'élite, comme pour justifier les sommes exorbitantes qu'avait nécessité leur équipement. A l'instar de tous les Fabériens, ils étaient grands et minces, et du fait de leur jeune âge, ils manquaient d'épaules. On leur avait donné des heaumes étroits, surmontés d'une pointe effilée, qui les faisaient paraître encore plus longs, encore plus frêles. Ils étaient armés d'un poignard de cristal rouge Narok et portaient de grandes piques toutes blanches, terminées par un Gaïnkish blanc. Ils les tenaient bien droites contre leur épaule, et la foule rassemblée sur les murailles imagina un instant voir une forêt de bouleaux qui se serait mise en marche.

A leur suite vint le gros des troupes, composé de tous les Fabériens de Sharangir capables de combattre, recrutés par un décret exceptionnel d'Eremaül. Fabriquées à la hâte, leurs armures n'avaient pas la splendeur de celles des autres soldats, mais on avait tenu à ce qu'elles fussent toutes forgées dans le cristacier de Korometh, afin de ne pas ternir les lignes immaculées de la phalange fabérienne. A leur ceinture était accroché un petit coutelas de cristal, et ils avaient à la main de longs ringüls de métal brillant. Ils venaient combattre de mauvaise grâce, quittant à regret leurs hautes demeures de verre, poussés uniquement par la crainte du châtiment réservé aux déserteurs. On leur avait vaguement enseigné le maniement du poignard et l'art de lancer des flèches. Eremaül ne comptait sur eux que pour accabler l'ennemi de dards à pointe de Gaïnkish et achever les blessés. Sans cesse, ils jetaient autour d'eux des regards inquiets, tentant de se rassurer à la vue de leur nombre, cherchant dans les allures de leurs compagnons l'assurance qui leur faisait défaut. Ils étaient encadrés par les quelques vétérans qui restaient des anciennes troupes de choc fabériennes, afin d'éviter une débandade générale à la vue de l'armée adverse.

Une immense clameur s'éleva lorsque les chevaliers franchirent les portes de la cité. Ils étaient montés sur des motoglisseurs de combat, lourdes machines bardées de plaques de cristacier conçues pour se lancer à grande vitesse contre les rangs ennemis dans des charges terrifiantes. Chaque armure était différente des autres, forgée selon les désirs de son propriétaire par les meilleurs artisans de Korometh, et toutes étaient des œuvres d'art. Sculptées d'arabesques ou de scènes de bataille, incrustées de pierres précieuses, renforcées de métal noir ou rouge pour en souligner la blancheur éclatante, leur prix se comptait en centaines de milliers de yariks. Plus merveilleuses encore étaient leurs armes ; taillées dans des cristaux provenant de tout l'Univers, elles étincelaient entre leurs mains, flammes bleues, rouges, blanches, noires. Chacun maniait son instrument de mort favori : lance à forte lame, hache à double tranchant, masse énorme, marteau de combat ; certains possédaient même des épées. Eremaül avait rassemblé toute la chevalerie de son royaume, et lorsque le peuple d'Eden-Lomir vit défiler un si grand nombre de guerriers aux allures imposantes, même ceux dont la douceur du miel Shayuzi n'avait pas apaisé les pensées ne doutèrent plus de la victoire.

Pourtant, si l'aspect des chevaliers de Faber n'avait pas changé depuis l'époque où ils régnaient en maîtres sur tous les champs de bataille des mondes connus, brisant les phalanges ennemies par l'ardeur de leurs charges, sous les somptueuses armures blanches ne battaient plus guère que des cœurs faibles et peureux. La noblesse fabérienne avait trop aimé les beaux palais, les fêtes joyeuses, la sérénité dans laquelle l'esprit est plongé par la douceur d'une vie raffinée et l'abus du Shayuzi. Un tel attrait pour le bien-être des sens avait peu à peu transformé les redoutables guerriers en dandies efféminés ; en quelques générations, la puissance des sept royaumes s'était effondrée. Cependant, il subsistait encore, parmi les grands hommes blonds, de formidables combattants capables de se mesurer aux meilleurs mercenaires des planètes extérieures. Ceux-là avaient accompagné Eremaül sur Tyrion, et vaincu l'armée thorg. Mais pour pallier la faiblesse de leur nombre, il avait fallu faire venir à grands frais des Harriks, des Oglouks et des Krüses de leurs mondes sauvages.

Tout avait été financé par les banquiers sashivas, désireux de jouer un mauvais tour à Daraugas III. Mais l'empereur, habile politicien, avait en quelques semaines retourné la situation en sa faveur. Concédant de substantiels avantages financiers aux banques de Sashra-Zinki, il les avait convaincues d'abandonner Eremaül. Les mercenaires, ne recevant plus leur solde, étaient tous repartis chez eux ; tous, sauf les Krüses, à qui Daraugas avait offert trois cent millions de yariks et le pillage de Sharangir pour changer de camp. Quant aux six autres rois fabériens, ils n'interviendraient pas. Ils étaient las des guerres, vivant enfermés dans leurs palais de quartz où ils oubliaient la fureur, la folie et la mort au milieu de la musique des harpes et du parfum de la drogue. D'ailleurs, l'empereur des Thorgs avait promis de leur laisser en partage la plus grande partie des possessions d'Eremaül, ne gardant pour lui-même que Tyrion et quelques autres planètes limitrophes. L'indéfectible solidarité qui unissait les sept royaumes depuis l'époque lointaine où un unique bloc de Narok avait servi à tailler les épées rouges des monarques fabériens, cette solidarité s'était dissipée avec le temps, comme si les lames de cristal avaient peu à peu oublié leur origine commune et ne transmettaient plus à leurs propriétaires la force qui toujours les avait poussés à s'entraider. Eremaül se savait désespérément seul.

Après le départ des mercenaires, il avait fébrilement cherché à reconstituer une armée, rassemblant tous les soldats de son royaume à Eden-Lomir, obligeant les hommes assez forts pour combattre à s'enrôler. Il était allé de planète en planète, demandant aux chevaliers de venir le rejoindre ; la plupart avaient tergiversé, prétextant quelque maladie subite. Alors le vieux roi avait parlé de désertion, et menacé les timorés d'écartèlement en place publique. Horrifiés par la perspective d'une telle fin, tous avaient rejoint Eden-Lomir, traînant derrière eux leurs femmes, leurs danseurs et leurs musiciens, dont la foule était venue grossir le peuple de Sharangir.

Malgré les quolibets des quelques vrais guerriers qui restaient encore aux côtés d'Eremaül, ces chevaliers de salon n'arrivaient pas à dissimuler leur peur. Ils tremblaient au spectacle des soldats s'entraînant dans l'enceinte du palais royal, car l'éclat des armes, les cris et l'entrechoquement des cuirasses les faisaient songer à la bataille prochaine ; certains pleuraient à l'idée qu'ils allaient souffrir et peut-être perdre la vie. Mais ils restaient. Eremaül avait fait exécuter trois des leurs qui essayaient de quitter la ville. On leur avait attaché poignets et chevilles à de gros câbles reliés à quatre treuils qu'on avait fait tourner très lentement. Leurs restes sanglants avaient été cloués au-dessus des portes principales de la cité. Les Fabériens, peu accoutumés à une telle barbarie, en avaient été indignés.

Le vieux monarque s'était difficilement décidé à ordonner un tel châtiment, mais il avait le sentiment que seule la terreur pouvait encore empêcher les trois quarts de son armée de l'abandonner. En cela, il avait raison : la peur de la colère royale, rendue concrète par la vue de la chair humaine pourrissant sur les remparts d'Eden-Lomir, s'était faite plus grande que celle d'un ennemi lointain et encore inconnu. Peu à peu, les plus couards s'étaient habitués à l'idée de livrer un ultime combat qui sauverait peut-être le royaume de Sharangir. Pour augmenter leurs chances de s'en sortir indemnes, ils avaient fait barder leurs motoglisseurs de grosses plaques de cristacier supplémentaires, surcharger leurs armures de protections, et beaucoup s'étaient équipés de lourds boucliers. Ils manœuvraient avec lenteur, et sous leurs ridicules carapaces, ressemblaient à de gros crabes pataudes et affolés. Comme ils étaient prompts à s'effaroucher de tout, ils avaient placé sur leur heaumes des masques de métal hideux, grimaçants, imaginant avec une naïveté d'enfants peureux que leurs adversaires pourraient s'effrayer de ce qui les terrifiait eux-mêmes. Et au matin du combat, leur crainte avait presque disparu, tant ils s'encourageaient à la vue de l'immense armée fabérienne, plus de cinquante mille hommes en armure blanche.

Les cent vingt colonnes, une fois sorties de la ville, se regroupèrent en une phalange interminable barrant toute la vallée d'Eden-Lomir, face aux hautes collines qui se dressaient à l'horizon. De là viendrait l'ennemi.

La veille, la flotte de combat d'Eremaül avait été anéantie dans l'espace, et avec elle les derniers espoirs d'éviter une bataille sur Sharangir. Daraugas III avait fait venir des vaisseaux de guerre de tout son empire, et la supériorité des Thorgs s'était révélée écrasante. Dans la nuit, les mercenaires krüses passés au service de l'empereur avaient débarqué sur le grand plateau où s'encaissait la vallée d'Eden-Lomir ; l'armée d'Eremaül les attendait.

Les soldats d'élite prirent place aux ailes, en quinconce sur huit rangs de profondeur. Les deux premières lignes pouvaient combattre à la lance, et dès qu'un homme tomberait, il serait remplacé par un autre sortant des six rangées de réserve. A défaut d'être des guerriers redoutables, c'étaient des soldats disciplinés manœuvrant bien. Les chevaliers devaient tenir le centre, appuyés sur leurs flancs par les novices armés de ringüls. Eremaül comptait sur la supériorité numérique de son armée pour déborder l'ennemi par les côtés. En chargeant furieusement avec tous ses chevaliers, il espérait porter l'essentiel de la bataille au centre, et obliger les Krüses à ramasser leurs troupes en un bloc que les soldats d'élite pourraient envelopper et enfermer dans une tenaille fatale. Les mercenaires des planètes sauvages n'avaient pas la réputation d'être d'habiles tacticiens. Si les Fabériens ne cédaient pas à la terreur, ils avaient une petite chance de remporter la victoire.

Le vieux roi avait réparti ses meilleurs chevaliers le long de l'immense et unique rang de motoglisseurs qui tenait tout le centre de l'armée. Leur présence empêcherait sans doute les autres de faiblir au dernier moment. Lui-même s'était placé juste au milieu, brandissant Payalareth, l'épée rouge, une des sept qui furent taillées dans le même bloc de Narok à l'aube de l'histoire des royaumes fabériens.

« Pajireth a déjà disparu de Sirion, songeait Eremaül. Je l'ai vue moi-même à la ceinture d'un hamam harrik. Bientôt, mon épée sera elle aussi entre les mains d'un barbare. Les cristaux sacrés quittent nos lignées royales, la foi et la force quittent notre peuple. Un jour, les sept épées seront dispersées aux confins de l'Univers, et les Fabériens seront devenus une race d'esclaves... Mais je serai mort avant. Assil arayam ! Dieu en soit remercié ! »

Malgré son âge, Eremaül était encore vigoureux et rapide. Il n'avait pas vingt ans lorsqu'il avait reçu en même temps le royaume de Sharangir et la garde de Payalareth. Pendant quarante ans, jamais il ne s'était séparé un seul instant de son arme, et d'innombrables batailles avaient créé entre l'homme et l'épée une sorte de symbiose. Il semblait qu'un peu de l'éclat du cristal rouge eût peu à peu illuminé le visage du roi, et qu'une partie de la vie d'Eremaül fût allée habiter la lame de Narok. Au combat, cette alliance entre l'homme et la pierre produisait de terrifiants résultats.

A la droite du monarque se tenait Siriaël, le meilleur chevalier du royaume. Même pour un Fabérien, il était immense, et sa carrure égalait celle d'un Balroog. On prétendait qu'il avait la force de trois hommes. Il était bourru et emporté, mais sa loyauté était inaltérable, et maintes fois il avait sauvé la vie de son roi. Eremaül le gardait toujours à son côté. Dès son enfance, Siriaël avait été tenu à l'écart par les autres Fabériens. Ses mains épaisses étaient malhabiles à tirer des sons d'un instrument de musique ou à tracer des formes sur un tableau de verre. Lourd et gauche, il ne savait pas danser, et sa voix rauque ne convenait guère au chant. L'usage du Shayuzi lui faisait peur. Tout ce que prisaient les Fabériens, tout ce qui les attirait, tout cela lui était inaccessible. Et malgré un corps puissant, malgré des traits nobles et réguliers, il ne plaisait pas aux femmes, qui le trouvaient rustre et stupide, lui reprochaient ses doigts trop forts, la lourdeur de sa silhouette, le manque de finesse de son visage, et qui sans cesse se moquaient de lui. Il écrivait pourtant des poèmes merveilleux, mais jamais il n'avait osé les lire à personne, honteux de son élocution hésitante, de sa voix éraillée, craignant trop les sarcasmes. Il s'était éloigné de la compagnie de ses semblables pour se consacrer complètement à l'apprentissage de la guerre. Sa force et son assiduité à l'entraînement en avaient fait un extraordinaire combattant, et il était devenu le chevalier favori d'Eremaül. Malgré cet honneur, il évitait la cour.

Il avait fini par épouser une femme de Korometh, n'ayant jamais rencontré de Fabérienne capable de l'aimer. Petite, mince et brune, elle semblait être une poupée de bois sombre lorsque le géant blond la tenait dans ses bras. Elle était tout le contraire des Fabériennes, opposée par ses pensées autant que par son physique, avec ses yeux noirs, ses cheveux de jais, sa peau dorée et son caractère humble, réservé, attentionné. Elle s'accommodait des colères de Siriaël, et aussi de ses silences. Il pouvait lui faire comprendre son amour sans lui parler, car elle savait la signification de chacun de ses regards. A elle, il avait dit ses poèmes, et elle les avait trouvés beaux. Mais à l'appel de son roi, Siriaël l'avait quittée sans un mot. Dans ses yeux, elle avait lu qu'il ne reviendrait pas.

L'armée fabérienne s'était mise en place dans un silence glacé. L'alignement des troupes était parfait. Les hommes recommandèrent leur âme à Dieu, et les murmures de chacun, additionnés, formaient une prière qui résonnait dans toute la vallée. Un seul mot battait comme un cœur géant:

« Assil! Assil! Assil!... »

Les Fabériens tournaient les yeux vers le ciel, pour élever leur esprit vers Assil, le seul maître du destin, comme ils tentaient de le faire en construisant des flèches immenses au-dessus de leurs palais, en dressant des minarets à des hauteurs vertigineuses, en chantant chaque jour pour que leur musique s'envolât jusqu'à Dieu. Lorsque la prière fut terminée, ils attendirent; certains dans la peur, d'autres dans l'hébétude paisible que procurait le miel Shayuzi, d'autres encore, les moins nombreux, avec la sérénité d'hommes qui connaissaient la mort comme une vieille amie, pour lui avoir fait des offrandes tant de fois, et tant de fois l'avoir frôlée. Le soleil bleu était arrivé à son zénith et faisait briller la phalange fabérienne d'un éclat d'aigue-marine.

Alors, les Krüses arrivèrent. Une sombre marée dévala les collines, coulant entre les blocs de pierre dans un tumulte assourdissant, et les Fabériens crurent d'abord que la montagne vomissait quelque lave couleur de poix sur Eden-Lomir. Ils étaient environ dix mille, en armure noire, brandissant un long poignard dans chaque main, certains portant un ringül en bandoulière. Leurs casques étaient largement ouverts, découvrant leurs visages, et on voyait leurs dents de métal luire dans le soleil. Ils arrivaient en désordre, par vagues, et se rassemblaient dans la vallée en groupes inégaux, selon leurs tribus. Certains portaient des Gaïnkishs superbes, des armes de seigneurs, cristaux énormes taillés en forme de haches, de lances et même d'épées qu'ils avaient pris à des ennemis vaincus ou dérobés lors de pillages. Leurs cuirasses, noires et sales, avaient maintes fois été réparées, ayant comme eux connu de multiples combats. Leurs corps musclés étaient couverts de cicatrices, et beaucoup avaient eu un bras ou une jambe remplacé par une prothèse en néotissu greffé. Certains avaient même perdu plusieurs fois le même membre.

Ils venaient d'une planète isolée dans le vide cosmique, loin au-delà des ultimes frontières des principautés sashivas. Leurs ancêtres, des habitants de Korometh avides de liberté et de nouvelles terres, avaient quitté les mondes du centre et découvert ce lieu où était née une des races les plus féroces de l'Univers. Issus d'une civilisation policée, sensibles et délicats, ils s'étaient trouvés confrontés à une planète torride, où la vie n'était possible que près des pôles, dans l'enfer d'une jungle étouffante peuplée de bêtes monstrueuses, infestée d'insectes et de maladies. Au fil des générations, leur aspect et leurs mœurs s'étaient transformés. Ils étaient devenus plus grands, plus forts, plus résistants, plus cruels aussi. Ils avaient oublié leurs dieux, leur art et leur mode de vie raffiné, car pour survivre, il fallait être aussi sauvage que la planète. Ainsi naquirent les Krüses aux rites barbares et aux dents de métal, avides de sang et de pillage, plus durs que la pierre ; les Krüses dont on disait qu'ils avaient sept vies tellement était grande leur âpreté à surmonter la mort, et qui n'avaient gardé de leurs ancêtres que la couleur jaune de leur peau et la forme de leurs yeux en amande.

Très appréciés comme mercenaires, les hommes quittaient fréquemment leur monde hostile pour aller combattre partout où les menait le hasard des guerres, recherchant plus les batailles que la fortune, préférant le profit des mises à sac à celui de la solde. L'argent gagné servait à équiper des vaisseaux cosmiques grâce auxquels ils effectuaient des razzias dans les mondes du centre, voulant ainsi avoir, plus qu'un butin pour leur propre compte, le plaisir de mener une guerre sans être commandés. Lorsqu'ils étaient repus de carnages, ils rentraient sur leur planète, ramenant des quantités d'esclaves qui ne survivaient pas longtemps dans l'enfer de la jungle, et des fortunes en œuvres d'art et en joyaux qui s'entassaient au fond de leurs sombres demeures enfouies sous les arbres. Puis ils repartaient. Ils n'avaient pas d'ambition de pouvoir, ne connaissaient que vaguement le jeu complexe des alliances qui se tramaient entre les puissants de l'Univers. Comme tous les peuples mercenaires des mondes sauvages, ils étaient un instrument aux mains des monarques, mais un instrument dangereux pour son utilisateur. A tout moment, leur caprice pouvait les entraîner à se retourner contre leurs anciens alliés. On pouvait les tenir par l'argent, mais mal, sans beaucoup de sécurité. Ils étaient semblables à un enfant qui s'amuse ; lorsqu'ils étaient las d'une guerre, parce qu'elle ne les distrayait plus, ils rentraient chez eux, ou changeaient de camp pour commencer un nouveau jeu. Lorsqu'ils restaient trop longtemps hébergés dans une ville, l'envie pouvait les prendre de la piller. C'étaient des fauves à peine apprivoisés, prêts à mordre la main qui les nourrissait.

Sans foi et sans but, leurs seules certitudes étaient la conscience de leur propre force, la réalité de la mort, et l'énergie donnée par le sang des guerriers. Ils ne croyaient même pas au destin, ayant toujours été les seuls maîtres de leur existence. Plus que la somme proposée par Daraugas, c'était un besoin sauvage d'affronter ces Fabériens blonds et raffinés, de crever leurs belles armures blanches, de planter leurs crocs dans la chair rose de ces chevaliers de légende, d'abattre leurs palais orgueilleux et de brûler leurs villes de lumière qui les avait poussés à renverser leur alliance. Profaner ces hauts temples de verre et d'acier bleui, violer ces femmes élégantes et hautaines à la gorge blanche, emmener en esclavage dans la puanteur de leurs jungles bourbeuses ces enfants vivant au milieu de la musique et des parfums, voilà qui leur apporterait un plaisir infiniment plus intense que tous les trésors de l'Univers. Ils étaient l'incarnation barbare du côté sombre et farouche de l'âme humaine et, inconsciemment, se sentaient investis d'une mission sacrée : ramener à la cruelle réalité de la nature du monde tous ceux qui croyaient y échapper en bâtissant autour de leurs rêves de fragiles tours d'ivoire. Ce sentiment confus leur donnait une force inextinguible.

La souffrance et la mort leur étaient indifférentes, mais ils pouvaient avoir conscience de la défaite. Pourtant, en se rassemblant devant l'immense armée fabérienne, cinq fois plus importante que la leur, ils savaient qu'ils allaient gagner et qu'avant la nuit ils rentreraient dans Eden-Lomir. Car en ce jour, Iriak, le fou, la légende, Iriak était revenu...

CHAPITRE IX

« Autant de religions, de coutumes, de couleurs de peau, et autant d'incompréhension, de peur, de haine…

« Pourquoi nous traitent-ils en race inférieure ? vous demandez-vous. Pourquoi notre présence leur est-elle insupportable ? Pourquoi pensent-ils que nos biens leur ont été volés ? Pourquoi tout dans nos habitudes leur paraît-il si méprisable, jusqu'à nos fêtes qu'ils trouvent ridicules, nos prières grotesques, et même nos larmes indécentes ? » La réponse est simple : ils voient en vous la caricature de leurs propres faiblesses. Lorsqu'ils sont sales, ils disent que vous sentez mauvais ; lorsqu'ils sont indolents, ils vous trouvent paresseux. Ceux qui sont tristes vous haïssent pour vos joies, et ceux qui sont insensibles pour vos peines. Les avares vous accusent de cupidité, les violents de brutalité, les fanatiques d'intolérance.

« Et pendant des générations, vous ne connaîtrez ni la paix de l'exil, ni celle de la disparition. Ils tiennent trop à vous ; vous, leur abcès de fixation, à la fois source d'horreur et de soulagement, drainant tous leurs maux à la surface, déchaînant la vindicte mais leur évitant d'être rongés de l'intérieur. Puis, un jour, vous réussirez à vous enfuir, ou peut-être même les vaincrez-vous.

« Alors, à votre tour, vous chercherez un peuple différent de vous, par sa religion, ses coutumes, sa couleur de peau, et vous en ferez le miroir déformant de la laideur de vos âmes. »

Questions sur la nature de la société humaine.
Marok Ravon

– Dépêche toi, Assima ! Ils vont nous rattraper... Cours ! Cours !

– Je n'en peux plus, Lyrnio. Continue tout seul !

Assima s'était arrêtée. Le jeune garçon regarda sa compagne, son visage brun aux grands yeux noirs encadré par une chevelure opulente et frisée. Ils appartenaient tous les deux au peuple de Mingol célèbre pour ses fabricants d'armures. Le père de Lyrnio était d'ailleurs un artisan réputé sur Karanosh, un des plus habiles à façonner le métal noir qu'il faisait venir de sa planète natale. Le forgeron voyait d'un mauvais œil son fils fréquenter Assima, sœur d'un de ses apprentis, d'une famille trop pauvre à son goût. De plus, il n'aimait pas cette histoire avec une parente d'un de ses employés ; cela faisait jaser. Mais Lyrnio s'en moquait. Il aimait Assima, adorait lui faire l'amour, et ils avaient passé tout l'après-midi couchés dans la grange des parents de la jeune fille, des petits fermiers de la région. Lorsqu'ils étaient ensemble, ils oubliaient tout ; même le « Kaffjers-Tod ». Et en revenant vers la ville, Lyrnio pour rentrer chez lui, Assima pour l'accompagner et voir son frère, ils s'étaient fait surprendre.

Le garçon implorait son amie du regard. Elle se mit à crier, la voix étranglée par les sanglots :

— Fiche le camp, connard ! Dégage et laisse-moi ! Tu entends !

— Assima, je t'aime...

Lyrnio reprit sa course, laissant la jeune femme épuisée, en pleurant de douleur et de rage. Les motoglisseurs venaient de déboucher au sommet de la colline. Il fallait qu'il atteigne le bois avant d'être rejoint. Surtout, ne pas regarder derrière lui... Il concentra son attention sur ses pieds qui dérapaient sur le terrain rocailleux et l'entraînaient dans une course de moins en moins rapide. Il tentait de vider son esprit de la douleur qui lui tenaillait les jambes et oppressait sa poitrine, et surtout de l'image d'Assima restée seule en arrière. Les motoglisseurs devaient déjà l'avoir rattrapée.

Lyrnio savait très bien, tout comme son amie, qu'il ne pouvait rien face à la horde déchaînée des « Uktiboetens » ivres d'alcool et de Dorak, plongés dans la transe meurtrière du Kaffjers-Tod. Dès qu'Assima avait aperçu la poussière soulevée par les motoglisseurs, ils s'étaient rappelés que depuis cinq jours déjà, les « Uktiboetens » se rassemblaient en bandes immenses sur toute la planète, et que pendant un mois, tous ceux dont la peau était trop brune et les cheveux trop noirs avaient intérêt à rester enfermés chez eux, jusqu'à ce que la frénésie des fumeurs de Dorak se dissipât et qu'ils revinssent chez eux, repus de sexe et de violence.

« Kaffjers ! »

Le même cri avait jailli de dizaines de gorges brûlées par la drogue. La peur redonna des forces à Lyrnio, et il allongea ses foulées. La lisière de la forêt n'était plus qu'à trois cents mètres. Derrière lui, les sons s'entremêlaient en un concert terrifiant. Il reconnut le sifflement suraigu des fusées des motoglisseurs, les voix rauques des « Uktiboetens », éraillées comme toujours chez ceux qui se camaient à la Dorak, drogue âcre importée de la planète des Uktuhls ; et il entendit, horrifié, les cris d'Assima, qui implorait et maudissait à la fois.

Partout sur Karanosh, et aussi en bien d'autres mondes de l'Univers, la grande fête du Kaffjers-Tod avait commencé. Des hommes et des femmes à peau blanche se regroupaient, vêtus des mêmes combinaisons noires, arborant les mêmes casques d'acier lisse et sombre, pour de grisantes orgies de sexe, de Dorak et de sang, et pour se livrer à la chasse la plus enivrante qui fût : la chasse au Kaffjer…

Lorsque les premiers Uktuhls avaient quitté leur lointaine planète pour piller les mondes du centre et proposer leurs services aux rois et aux empereurs, la haine raciale avait trouvé en eux un puissant catalyseur. Ils avaient en horreur tous les hommes à peau foncée, qu'ils nommaient « ceux des sous-races » et « moins qu'humains ». La religion uktuhl était fondée sur deux grands principes : « La mort est l'accomplissement suprême pour celui qui tue au combat puis est tué au combat. Il n'y a nulle gloire à affronter les races inférieures ; elles sont destinées par essence à l'esclavage et leur contact est impur. » Les grands hommes maigres venus d'un monde perdu dont on disait qu'il était le plus épouvantable de tous avaient propagé leurs croyances dans l'Univers tout entier.

Très vite, il y eut des hommes à peau blanche qui s'intitulèrent « Uktiboetens », frères des Uktuhls. Et même ceux qui étaient lâches devant le danger, même ceux qui aimaient laisser leur corps et leur âme s'amollir dans une vie sûre et confortable, même ceux qui pleuraient comme des enfants à la seule idée de la mort, prétendirent en tout imiter la race supérieure. Ils se vêtirent de combinaisons de cuir noir bardées de métal pour se donner l'illusion de porter l'armure de cristacier sombre des guerriers barbares. Ils coiffèrent des heaumes lisses, nus de toute ornementation, semblables à ceux des cruels mercenaires. Ils firent leur le symbole de la religion uktuhl, cette épaisse croix de métal poli aux branches d'égales dimensions, le portant à leurs ceintures et sur leurs vêtements, le tatouant sur leurs bras, le gravant partout sur les murs de leurs villes, se saluant entre eux en croisant les poignets au-dessus de leurs têtes, poings fermés. Ils se confectionnèrent des poignards d'acier imitant la forme des lames Gaïnkishs de ceux qu'ils admiraient. Ils se mirent à fumer la Dorak pour se plonger eux aussi dans des transes sauvages et sublimes où la violence pouvait emporter entièrement le corps et l'esprit. Et pour désigner les hommes à peau brune, jaune ou noire, ils apprirent un mot de la langue uktuhl, un mot qu'ils répétèrent des milliers de fois, le chargeant de toute la haine de leur âme, le faisant claquer comme une insulte et un cri de ralliement : « Kaffjers ».

Le mouvement des Uktiboetens avait pris une telle ampleur qu'il était impossible aux gouvernants des mondes du centre de l'ignorer. Les princes sashivas, considérés comme étant d'une race inférieure du fait de leur peau sombre et de leurs cheveux noirs, le réprimaient sévèrement dans leurs possessions, tout en l'encourageant secrètement ailleurs, voyant là un facteur de déstabilisation nuisible aux autres grandes puissances. Partout où coexistaient des races différentes par la couleur de leur peau, c'est-à-dire sur la majorité des planètes, la haine latente avait pu se découvrir au grand jour par l'intermédiaire des « Uktiboetens ». Les Korometh à peau jaune, aux pommettes saillantes et aux lèvres charnues, les grands Tindaris au regard sombre et hautain, et ceux de Mingol et de Marid-Dorth, avec leur teint foncé et leurs cheveux noirs et frisés, tous ceux-là avaient été victimes de violences, de pogroms, de menaces de la part des « Uktiboetens ».

Daraugas Ier, le plus célèbre des empereurs thorgs, avait été le premier à comprendre l'intérêt de la situation. Il gouvernait des centaines de planètes habitées par six peuples différents, et sans cesse il devait faire face aux révoltes des Svens qui réclamaient leur indépendance, aux soulèvements de Marid-Dorth contre les taxes sur l'importation des Gaïnkishs, aux intrigues des Kalindos qui rêvaient de retrouver leur splendeur passée, aux exigences des Kendars fournisseurs de technologie avancée, aux complots ourdis sur Faminor, sans parler des difficultés qu'il devait à son propre peuple. Et sans arrêt, d'autres races immigraient depuis les royaumes fabériens, les principautés sashivas et les fiefs orusiens, amenant avec elles leur lot de récriminations contre le pouvoir impérial. Mais Daraugas, utilisant un principe vieux comme l'humanité, avait choisi de diviser pour régner. Il avait largement toléré les mouvements racistes, tout en les canalisant par un contrôle discret ; dans le même temps, il avait favorisé l'immigration des hommes à peau brune vers les planètes des peuples blancs. Ces derniers, trouvant une cible plus facile que le pouvoir impérial pour décharger leur colère attisée par la tyrannie et les tributs en argent et en hommes versés pour alimenter les guerres des Thorgs, avaient tourné toute leur haine contre les « Kaffjers ». Quant aux peuples de couleur, terrorisés par les « Uktiboetens », ils avaient fini par presque oublier l'oppression impériale.

Les autres monarques, confrontés à des problèmes semblables, n'avaient pas tardé à imiter Daraugas Ier. Ainsi était né le « Kaffjers-Tod », la grande fête annuelle des Uktiboetens pendant laquelle ils se rassemblaient en troupes immenses pour terroriser les « sous-races ». Un mois par an, dans tous les mondes du centre exceptés ceux contrôlés par les Sashivas, la haine déferlait contre les non-blancs. Le reste du temps, vexations, insultes, ségrégation, violences ponctuelles, entretenaient la tension et la peur favorables à l'exercice du pouvoir.

Cela n'empêchait aucunement les Krüses d'être utilisés comme mercenaires, malgré leur peau jaune et leurs yeux bridés. D'ailleurs, isolés dans leur monde perdu, ils étaient loin des querelles raciales des peuples centraux. Et lorsqu'ils venaient faire la guerre pour le compte d'un quelconque employeur, aucun « Uktiboeten » ne se serait risqué à leur faire une remarque sur la nature de leur pigmentation. Entre eux et les Uktuhls existait une haine farouche, ancestrale. Jamais ils ne combattaient dans la même armée, et ils n'aimaient guère avoir à s'affronter, les Uktuhls craignant de mourir de la main d'un Kaffjer, les Krüses prêtant aux grands guerriers pâles d'étranges pouvoirs de preneurs d'âmes. Mettant cette haine à profit, Daraugas Ier avait fait autrefois à ses sujets de Marid-Dorth une farce cruelle, comme il les affectionnait. Depuis longtemps, il cherchait à donner une leçon à ses turbulents vassaux, lorsqu'ils lui en fournirent l'occasion. Des pillards krüses avaient été signalés sur une planète proche de Marid-Dorth, et devant la menace, ses habitants réclamèrent l'assistance de leur empereur.

« Je vais vous donner satisfaction : je vous enverrai des mercenaires qui sont parmi les meilleurs guerriers de l'Univers ; de plus, ce sont de farouches ennemis des Krüses », avait répondu Daraugas Ier. Puis il avait expédié chez les tailleurs de cristaux une légion de soldats uktuhls. Lorsque les barbares avaient découvert la couleur de peau de leurs hôtes, ils avaient massacré la population de la ville où ils étaient en garnison, brûlé les maisons et rasé les murs, avant de repartir en emmenant les enfants en esclavage.

Pour les « Uktiboetens », les plus haïssables des Kaffjers étaient cependant les Kreels, car ils étaient noirs, et en cela ils étaient différents de tous les autres hommes de l'Univers ; en cela et en bien d'autres choses… Mais ils vivaient à part, sur une planète perdue, ne se mêlant jamais aux autres peuples. Les seuls Kreels qui se rendaient sur des mondes étrangers étaient les ambassadeurs et ceux qui effectuaient des pèlerinages sacrés dans les Naa-Sakis. Leur réputation d'invincibilité et les histoires inquiétantes qui circulaient sur leur compte suffisaient à écarter les « Uktiboetens ».

Krüses et Kreels étaient inaccessibles à la violence fanatique du Kaffjers-Tod. Les autres races non-blanches devaient la subir plus ou moins intensément, selon les lieux et les époques. Mais tout laissait croire que cette année-là, sur Karanosh, la fête des « Uktiboetens » serait particulièrement sanglante.

Lyrnio entendit le sifflement du motoglisseur juste derrière lui. Il se retourna et vit la carène métallique luisante de l'engin, ornée d'une grosse croix aux branches épaisses, fondre sur lui. Un homme vêtu de noir et coiffé d'un heaume d'acier conduisait l'appareil de la main gauche et brandissait une lourde barre de métal dans la main droite. Il frappa le jeune Mingol juste au-dessus du genou, et Lyrnio s'effondra, la jambe brisée sous l'impact. Pendant un instant, il oublia tout, l'esprit entièrement accaparé par la douleur atroce qui remontait le long de sa cuisse. Puis il vit, comme à travers un brouillard, une main énorme couverte de cuir et d'acier s'approcher de son visage. Il fut saisi par les cheveux ; le motoglisseur fonça vers le cercle des « Uktiboetens », une cinquantaine d'hommes et quelques femmes, traînant Lyrnio derrière lui. Les pierres du sol lui labouraient le visage, la poitrine et le ventre, mais il ne sentait que la douleur de sa jambe : à chaque heurt contre la terre, il avait l'impression qu'un monstrueux étau lui broyait le genou. Le motoglisseur s'arrêta au centre du cercle. La main de fer qui empoignait les cheveux de Lyrnio lui redressa brutalement la tête.

— Regarde, Kaffjer !

Près de lui, un « Uktiboeten était agenouillé dans la boue ; deux autres étaient debout à ses côtés. Le sang qui lui coulait dans les yeux empêchait Lyrnio de bien voir la scène. Il aperçut une main, petite et brune, qui semblait émerger du sol.

— Assima !

— Ta gueule, Kaffjer !

L'homme qui le maintenait lui avait plongé le visage dans la boue pour le faire taire, puis l'avait redressé aussitôt. Lyrnio regarda à nouveau vers la main. Juste à côté, il y avait une lourde botte cerclée de métal. Un des « Uktiboetens » se tenait debout sur le bras d'Assima ; le deuxième faisait de même de l'autre côté. Le troisième venait de s'allonger, et Lyrnio vit de fines jambes à la peau dorée sortir de sous le grand corps massif bardé de cuir et d'acier. L'homme était en train de violer son amie, et tout autour, les « Uktiboetens » hurlaient comme une meute de loups :

— Vas-y, Jarko ! Montre-lui ce que c'est qu'une bite d'homme blanc !

— Ça doit la changer de ces singes noircis...

— L'odeur de Kaffjer ne te dérange pas trop, Jarko ?

Lorsque l'homme se retira, le jeune Mingol put voir Assima : elle était nue et son visage était meurtri de coups. Il se débattit pour tenter d'échapper à l'emprise de la main gantée, mais il ne pouvait même pas prendre appui sur ses deux jambes. Il reçut plusieurs coups de botte dans le ventre et resta recroquevillé sur le sol, le souffle coupé.

Un autre homme viola Assima, puis un autre, et encore un autre. Tout autour, les « Uktiboetens » fumaient de la Dorak ou bavardaient. Une femme, assise sur son motoglisseur, excitée par le spectacle, se masturbait. Lyrnio posa les yeux sur elle.

— Alors, Kaffjer, tu regardes les femmes blanches maintenant ? Vous êtes bien tous pareils… Au lieu de rester sagement à baiser vos guenons, il faut toujours que vous pensiez à nos femmes.

— Eh, on ne peut pas lui enlever ses sales idées de la tête, mais on peut l'empêcher de les réaliser…

— Ouais ! Rien de plus facile… Il faudrait faire pareil avec toute cette saloperie de mal lavés !

Plusieurs « Uktiboetens » avaient sorti leurs armes, de longs coutelas à un tranchant, aux formes copiées sur celles des poignards uktuhls. Lyrnio se retrouva saisi aux bras et aux jambes par des mains puissantes, et il n'osait se débattre car sa blessure au genou lui causait des souffrances atroces au moindre mouvement. Mais lorsqu'un des hommes lui arracha ses vêtements, qu'on lui écarta les cuisses, qu'il vit approcher la lame luisante et qu'il comprit ce qu'ils voulaient lui faire, la peur noya tout dans son esprit. La douleur, le dégoût, même l'image d'Assima, tout s'effaça pour ne plus laisser place qu'à une terreur sans bornes. Il essaya de se dégager, et l'os de sa jambe brisée déchira la peau, sortant par une plaie sanglante. Pourtant, il luttait encore, mais il ne pouvait pas empêcher ses bourreaux de placer le coutelas froid et tranchant entre ses cuisses. Un des « Uktiboetens » avait traîné Assima à proximité et l'obligeait à regarder la scène. Il n'y eut qu'un cri, lancé par les deux amants au moment où les hommes vêtus de cuir noir castrèrent Lyrnio comme un porc. Il le laissèrent choir dans la boue, et l'un d'eux s'approcha de la jeune femme mingol et lui écrasa sur le visage les testicules ensanglantés.

— Tiens, Kaffjer ! On te rend ce qui t'appartient !

Les « Uktiboetens » recommencèrent à la violer, mais cette fois-ci, elle n'essaya même pas de se défendre, le corps meurtri par les coups et l'âme brisée par ce qu'elle venait de voir. Un des hommes, complètement ivre de Dorak, restait impuissant, et ses compagnons l'accablaient de quolibets :

— Alors, Yorg, tu n'es pas très en forme aujourd'hui !

— C'est l'odeur de Kaffjer qui t'empêche de bander ?

Le « Uktiboeten », rendu fou par la drogue et les sarcasmes, se mit à rouer Assima de coups. Lyrnio gisait à terre ; il ne percevait du monde extérieur que des sensations floues, et la seule chose précise qu'il ressentait, c'était le sang chaud coulant sur ses jambes, et qui peu à peu le vidait de ses forces. Il vit comme dans un rêve embrumé un « Uktiboeten » fracasser le crâne de son amie sur le sol. Il entendit des cris, perçut une agitation intense autour de lui, le sifflement des motoglisseurs qui se remettaient en marche, puis plus rien...

Un vieil homme venait d'apparaître à la lisière de la forêt. Il marchait lentement, mais d'un pas sûr. Il était grand et maigre, avec une barbe et des cheveux de neige, portait une longue robe grise, et sa peau fripée était brun foncé. Les « Uktiboetens » le virent se diriger droit sur eux, et le désir de violence et de mort redevint fort dans leurs cœurs. Trois d'entre eux, plus rapides, avaient déjà lancé leurs motoglisseurs sur le nouveau venu. Ils l'entourèrent en ricanant.

— Alors, vieux singe, tu n'es pas resté planqué dans ton trou à Kaffjer ?

— Ta peau a une vilaine couleur de merde, vieux déchet ! Laisse-nous faire, on va lui donner une belle teinte rouge...

— On pourrait lui couper les couilles, comme à l'autre. Mais ça ne le priverait pas beaucoup, il ne doit plus s'en servir très souvent !

Le vieillard continua d'avancer, sans même prêter attention aux trois hommes. L'un d'eux l'agrippa par l'épaule.

— Dis donc, Kaffjer, ça ne t'intéresse pas ce qu'on raconte ?

Mais il lâcha prise aussitôt, comme si sa main avait été brûlée ; il venait de croiser le regard du vieil homme. Ses deux compagnons restèrent figés comme des statues. D'autres motoglisseurs approchaient, mais dès qu'ils se trouvaient à proximité, les « Uktiboetens » coupaient leur moteur et se tenaient immobiles, les yeux perdus dans le vague. L'étrange vieillard s'avança jusqu'aux deux jeunes Mingols sans que personne n'eût le moindre geste pour l'en empêcher. Il se pencha sur la fille, puis s'éloigna ; elle était morte. Alors il souleva dans ses bras, sans effort apparent, le corps brisé et mutilé de Lyrnio, et repartit vers la forêt d'où il était venu. Les « Uktiboetens » ne sortirent de leur mystérieuse torpeur que lorsqu'il eut disparu au milieu des arbres.

Une épaisse fumée s'élevait à l'horizon. Cette année, le Kaffjers-Tod était allé plus loin que d'habitude dans la petite ville où habitait Lyrnio. Les demeures des Mingols avaient été forcées et pillées. Celles dont les portes étaient trop solides, on les avait brûlées, avec leurs occupants à l'intérieur. Les gens à peau brune avaient été marqués au fer rouge d'un « K » sur le front. Et plusieurs d'entre eux, dont le père de Lyrnio, avaient été pendus sur la grand'place. Lorsque la nuit tomba, ils se balançaient toujours au bout de leur corde, formant une sinistre guirlande de cadavres humains.

CHAPITRE X

« L'évolution est une lutte permanente des espèces pour leur survie ; l'inadaptation au milieu entraîne la disparition, et de mieux armées prennent les places restées libres. Toutes tendent vers une sorte d'harmonie, un équilibre idéal entre l'individu et le monde. Mais la perfection en ce domaine est dangereuse, car une symbiose totale entre un être et son milieu signifie l'impossibilité de faire face à des situations nouvelles. C'est lorsqu'une espèce atteint le summum de l'évolution qu'elle est la plus fragile.

« Nous devons prendre leçon sur ce que nous enseigne la nature. Défions-nous de l'harmonie absolue : pour l'âme humaine également, elle est dangereuse. Elle engendre orgueil et suffisance, ouvre la voie à l'intolérance et au mépris. Nous devons en permanence nous remettre en question, douter, et chercher encore et encore…

« Rejetons les absolus, car il n'existe aucun absolu. Chacun d'entre nous est sur une route sans fin, et jamais il ne doit croire en être arrivé au bout. Dans la recherche de la perfection, la perfection compte pour rien ; la recherche est tout. »

Le chemin de la paix,
Bandigo Ikoda

Ils étaient tous là : Fari Kombo, *cœur-qui-bat* de Faya Nubangui, maître de la cité de pierre et de son million d'âmes, centre du centre de la planète-monastère des Kreels ; Ayanga Epugu, *parfum-de-l'air*, esprit volatil, insaisissable et omniprésent, grand ambassadeur du peuple de Jaambé dans l'univers des hommes ; Akoono Tingo, *celui-qui-avance-avec-le-temps*, détenteur de tout le savoir de la première voie, enseignant vénéré de l'art du combat ; Alifu Orombo, *vie-de-la-voix-qui-s'élève*, musique éternelle de ceux à la peau sombre, suprême chanteur ; et Sino Tuzangui, *serpent-d'orage*, grand lien d'énergie, rassembleur des esprits, Naa-Makané du monde noir. Cinq vieillards aux longues nattes blanches et à la peau d'ébène. Cinq hommes sur les vêtements desquels brillaient les mêmes huit cercles d'argent. Les cinq doigts de la main du peuple kreel.

Ils s'étaient accroupis en rond dans une pièce nue et obscure enfouie au plus profond des galeries de la cité de pierre, regroupés physiquement pour la première fois. Ayanga Epugu était parti le premier, dès qu'il avait reçu l'impérieux appel mental. Il avait quitté l'ambassade de Rangos, capitale de l'empire thorg, pour revenir en hâte sur sa planète.

Il était grand, mince, et son visage était d'une fascinante beauté. Il avait cent trois ans. Son esprit souple et fluide lui avait valu son nom reçu en deuxième baptême, et aussi sa fonction d'ambassadeur. Il avait la tâche difficile et capitale de préserver l'isolement et la quiétude de la planète Kreel, de la maintenir à l'écart de la folie des hommes et de la fureur du monde. Il avait sous ses ordres cinquante et un consuls, tous maîtres du septième cercle ; grâce à eux et à ses extraordinaires facultés de persuasion, ce magnétisme surhumain qui émanait de chacun de ses regards, du moindre de ses gestes, il avait réussi à faire presque oublier aux puissants de l'Univers, depuis plusieurs décennies, l'existence du peuple noir. Ayanga Epugu était un être envoûtant, à l'esprit léger et irisé comme le brouillard d'un matin de printemps illuminé par les premiers rayons du soleil.

Akoono Tingo, immédiatement après, s'était mis en marche. Il était descendu, seul, depuis les hauts plateaux glacés du Limbu jusqu'à Faya Nubangui. Pendant deux jours, il avait cheminé à travers les sentiers rocailleux, sans s'arrêter. Il avait cent huit ans. C'était un géant à la force prodigieuse, plein de l'énergie farouche des bêtes fauves. Chaque matin, il se baignait nu dans un torrent de montagne. On l'avait vu, sans armes, briser l'échine d'un ours qui l'avait attaqué. Il était rude, bourru, avait un rire clair et un regard brûlant. Il avait consacré toute sa vie à Onda Sanbuguzu, la première voie, celle des arts martiaux ; il en était devenu le grand maître. Il passait son temps à Faya Nimanu, la ville de neige bâtie sur le plateau le plus élevé du Limbu. Il y apprenait à ses disciples la quintessence des techniques de combat et tous les secrets pour parvenir à l'accomplissement en suivant le premier chemin.

Une fois seulement, il avait participé à une guerre, quatre-vingts ans auparavant, alors qu'il venait juste de recevoir son quatrième cercle. C'était un des très rares conflits ayant jamais perturbé l'isolement serein des Kreels : un seigneur orusien à l'esprit malade, ravagé par l'ambition et le désir de conquêtes, riche et puissant, avait échappé au contrôle mental des ambassadeurs du peuple de Jaambé et lancé contre la planète-monastère son immense armée renforcée de multitudes de mercenaires balroogs et sarkoïs. La plus grande partie des assaillants avait subi le sort abominable réservé à tous ceux qui s'en prenaient aux Kreels. Mais les Eyo Makanés d'alors avaient décidé d'en préserver certains, et ils avaient guidé leurs pas vers Faya Nubangui ; là, ils s'en étaient servis comme de cobayes pour aguerrir les jeunes mangas de la cité. Akoono Tingo faisait partie de ceux qui avaient été choisis alors pour exterminer les restes de l'armée orusienne. Il s'était particulièrement distingué, et devant ses exploits, ses maîtres avaient compris qu'il était destiné à atteindre un jour la responsabilité suprême de la première voie. Il était devenu un vieillard énergique dont l'irrésistible dynamisme balayait tous les obstacles, le faisant toujours avancer, aussi sûrement que le temps qui passe.

Alifu Orombo était parti le troisième. Il avait

quitté Fayano Bundadaya, le village des arbres aux maisons de bois bâties à l'abri des futaies. Il était de taille moyenne pour un Kreel, large d'épaules, droit et fort. De son visage, on ne voyait que les yeux, immenses lacs noirs rayonnant de bonté et de sérénité. Mais dès qu'il parlait, on les oubliait, captivé par sa voix chaude, profonde et vibrante. Et lorsqu'il chantait, nul homme ne pouvait se libérer du charme de ses paroles. Il avait cent onze ans. Il était le verbe et la mémoire de son peuple, car il en avait appris toutes les mélopées : celles aux mesures saccadées, aux sons durs, qui parlaient de la fureur des guerres passées ; celles, lancinantes, au rythme lourd et obsédant, qui disaient la foi des hommes en Jaambé et lui adressaient leurs prières ; celles, douces, tendres et fortes, qui évoquaient l'amour et son pouvoir ; et celles, mystérieuses, fascinantes, qui racontaient les légendes kreels dont l'origine se perdait dans les profondeurs du temps et de la nuit cosmique dont surgirent un jour les hommes noirs. Alifu Orombo était passionné par ces histoires à l'ancienneté vertigineuse qui portaient en elles, il en était sûr, la clé de bien des énigmes. Cette croyance dans le message que transmettaient au fil des générations les chants traditionnels avait entraîné le vieux maître, bien plus que son amour de la musique, sur le deuxième chemin, Tombo Sanbuguzu. Et désormais, tous ceux qui choisissaient de s'engager sur la même voie venaient à Fayano Bundadaya recevoir les leçons de *la vie-de-la-voix-qui-s'élève*. Alifu Orombo était chaleureux, joyeux, solide, chacune de ses phrases communiquait une irrésistible envie de danser.

Sino Tuzangui, le dernier, s'était éloigné de la caverne creusée au pied du Limbu où il s'était retiré depuis plus de dix ans. Il était beaucoup plus vieux que les autres Eyo Makanés et devait s'appuyer sur un bâton pour marcher. Personne ne connaissait son âge exact. On lisait dans son regard l'expression d'une infinie béatitude, et tous ceux qui le croisaient savaient que son âme était proche de la félicité de Jaambé et que la fin de son temps parmi les illusions du monde était proche. Il était le Naa-Makané, le guide suprême du peuple kreel, le sage parmi les sages. Seul un problème d'une importance extrême avait pu le pousser à interrompre la longue méditation qui l'avait amené au seuil du Kamunga Ikoda, transe harmonieuse de l'ultime contemplation. Il était redevenu, pour quelque temps, Sino Tuzangui, *le serpent-d'orage* relieur d'âmes. Son corps décharné irradiait une inépuisable énergie qui semblait issue de l'Univers tout entier ; être proche de lui procurait un indescriptible bonheur.

Fari Kombo, lui, n'avait eu qu'à quitter sa chambre souterraine de la cité de pierre pour se rendre dans une autre pièce sombre et froide de Faya Nubangui. Il était le plus jeune des cinq hommes, le plus petit aussi. Son visage était beau et sévère, son regard dur. Il avait la tâche difficile d'administrer le cœur de la planète des Kreels, la ville qui formait les mangas, les hommes accomplis. Il donnait une impression de vigueur concentrée et ressemblait à une statue d'ébène.

Et ils étaient là, tous les cinq, formant une entité unique et puissante, l'âme du peuple de Jaambé : Fari Kombo, noyau de pierre, pilier de l'édifice ; Akoono Tingo, force et mouvement ; Ayanga Epugu, aura immatérielle, magnétisme irrésistible ; Alifu Orombo, racines et vie, passé et parole ; et Sino Tuzangui, flux d'énergie, moelle épinière de cet organisme hybride.

Un sixième homme s'était joint à eux : Fana Kabungué, responsable des pèlerinages sur les Naa-Sakis. Il se tenait debout, dans un coin de la pièce, à l'écart du cercle formé par les vieillards accroupis. Ce fut lui qui parla le premier :

— Je vous ai demandé à tous de venir ici pour que vos sens tentent de percevoir ce que nos esprits n'ont pu sonder. Chacun de vous peut voir par les yeux des autres, et tous vous connaissez mes pensées, et les pensées de tous ceux de Faya Nubangui. Vous savez donc quel est le sujet qui nous rassemble aujourd'hui. Le problème est suffisamment complexe, et ceci est exceptionnel, pour que ce que j'ai ressenti et vous ai transmis par le lien des esprits nous laisse tous perplexes. J'ai d'abord fait appel à Fari Kombo, qui était sur place, mais il n'a pas su plus que moi percer à jour le mystère. Et il en a déduit que la seule solution était de vous réunir tous les cinq, de vous réunir physiquement, pour la première fois. Après une longue réflexion, nous avons pris la grave décision d'interrompre vos tâches et de troubler la méditation du Naa-Makané ; et j'ai lancé un appel mental. Aujourd'hui, les cinq Eyo Makanés du peuple kreel sont rassemblés…

« Je vous récapitule les faits. Vous avez déjà pu en prendre connaissance à travers mes pensées, celle de Fari Kombo et celles de tous ceux qui se sont trouvés mêlés à l'histoire. Mais je crois qu'à partir de maintenant, vous devez vous fier à vos propres sens et essayer d'oublier ce que vous avez pu apprendre par ceux des autres, car seule l'immense acuité de la perception de cinq maîtres du huitième cercle réunis peut avoir une chance de réussir…

« Il y a trois mois, des Kreels en pèlerinage sur le Naa-Saki de Magarth-Sikh ont recueilli un soldat blessé sur un champ de bataille. Il était le seul survivant parmi des centaines de Moog-Saïs, mais lui est d'un autre peuple. D'après son aspect physique, il s'agit certainement d'un Sven. Qu'il soit resté en vie malgré ses blessures pendant plusieurs heures avant d'être soigné est déjà un fait surprenant. Il est étrange également qu'un homme issu d'une race pacifique se batte aux côtés de mercenaires moog-saïs. Mais ce qui m'a vraiment dérouté s'est produit plus tard, lorsque j'ai tenté de sonder son esprit pour découvrir qui il était. Je n'y ai vu que des images de mort : combats, tueries, pillages, massacres, en bien des lieux de l'Univers ; mais rien d'autre ; rien d'antérieur aux trois dernières années de sa vie, comme si tout le passé de cet homme était emprisonné dans un énorme bloc de glace. Et les seules pulsions qui vibrent en lui sont la violence et la survie, la résultante d'instincts venus du fond des âges. Tout le reste, tout notre acquis depuis les millions d'années que nous sommes devenus différents des autres formes de vie, tout le reste a disparu…

« Les questions auxquelles vous allez devoir maintenant répondre sont : pourquoi cela ? Qui est-il vraiment ? Que devons-nous faire de lui ? »

Au bout d'un moment, la voix chantante d'Alifu Orombo rompit le silence :

– Quand viendra l'homme-requin, par tout votre contraire et en tout différent, ce qui n'a jamais été accompli pourra s'accomplir ; car il est le seul en qui tout est mort et en qui tout renaîtra…

Tous avaient reconnu les paroles prêtées par la tradition orale aux Naa-Gundis, les sept pèlerins qui, selon les légendes des temps anciens, étaient à l'origine de la civilisation kreel. Ce fut Akoono Tingo qui répondit au grand maître des chants :

– Tu as trop longtemps psalmodié les paroles rituelles, trop longtemps frappé ton tonango pour faire danser les mots qui parlent du temps ancien, Alifu Orombo ! La musique participe à l'harmonie de notre esprit avec l'Univers par l'intermédiaire de nos sens ; elle nous est indispensable. Mais il ne faut pas s'imaginer pour autant que nous allons trouver dans les chants l'explication de tout ce qui est, tout ce qui a été et tout ce qui sera…

– Tu sembles oublier que dans le passé, les

légendes contenues dans la tradition orale des Kabungué Nagué se sont avérées être bien proches de la réalité. Lorsque nos ancêtres sont rentrés en contact avec les autres civilisations humaines, il y a de cela près de vingt millénaires, et qu'ils ont su quelle était l'origine de notre peuple, ils ont compris que les chants qui parlent de Jaambé et du commencement des âges racontaient depuis longtemps toute l'histoire de notre venue sur ce monde. Aimer l'enveloppe musicale des contes tout en méprisant la substance, c'est faire preuve d'un manque de profondeur : ils sont la moelle, ils sont l'essence, ils sont le germe. Respecte la légende ! Elle est le roc sur lequel s'accroche la terre où plongent tes racines.

— Je crois plutôt que les chants du commencement des âges sont nés après que les Kreels ont eu appris leurs origines. Tout est arrivé il y a si longtemps que, maintenant, personne ne sait plus ce qui a précédé et ce qui a suivi ! Quant à la légende de l'homme-requin, elle parle de l'avenir. Quel crédit pouvons-nous lui accorder ?

Alifu Orombo et Akoono Tingo se connaissaient depuis qu'ils avaient fait ensemble leur premier pèlerinage initiatique, alors qu'ils sortaient tout juste de l'adolescence. Entre eux était née une amitié profonde, et malgré les routes différentes qu'ils avaient suivies, malgré de très longues séparations, cette amitié n'avait jamais faibli. Ils avaient l'un et l'autre la responsabilité d'enseigner la quintessence de la civilisation kreel : l'art du combat et celui du chant, les deux traits d'unions entre l'homme et l'univers, reliant l'âme au tout par le mouvement et par le son. Plus que toute autre chose, cette tâche partagée faisait d'eux des amis. Mais leur attachement l'un pour l'autre remontait à une époque si ancienne qu'ils avaient conservé dans leurs rapports une certaine naïveté puérile : ils aimaient se chamailler. En l'occurrence, Akoono Tingo s'était moqué de la passion que vouait son vieil ami aux légendes du début du monde noir. Et Alifu Orombo fit une chose impensable pour un maître du huitième cercle, un homme destiné à accéder un jour à la suprême béatitude du Kamunga Ikoda, un Eyo Makané dominant totalement son corps et son esprit : il s'emporta.

— Akoono Tingo, comment peux-tu dire de pareilles stupidités ? Tu mets en doute les paroles des Naa-Gundis ! Crois-tu que pour eux, il y ait une quelconque difficulté à…

Alifu Orombo s'interrompit brutalement. Il venait de percevoir les pensées des trois autres vieillards, qui étaient restés silencieux depuis le début ; ils souriaient, le regard plein de compassion et d'amusement. Le suprême chanteur, qui pour un instant était redevenu un bouillant adolescent, eut honte de sa réaction passionnée ; et Akoono Tingo eut honte de s'être lui aussi montré puéril.

Fana Kabungué mit alors fin au trouble des deux amis en reprenant la parole :

— J'ai organisé une expérience qui sera certainement intéressante pour résoudre notre problème…

En passant la main devant un lecteur mural, il déclencha une modification d'éclairage et une des faces de la pièce sembla disparaître, permettant d'observer la salle voisine. Mais de l'autre côté, rien n'était modifié, et le mur y apparaissait toujours opaque. La paroi à transparence unidirectionnelle donnait sur un hall d'entraînement, vaste et nu, au sol couvert d'une épaisse natte de fibres tressées. Au centre, debout, immobile, leur tournant le dos, il y avait un homme, un étranger.

Il était assez grand, quoique pour des Kreels, sa taille semblât moyenne. Il avait la blondeur, la morphologie longiligne et la peau claire des Svens, ce peuple d'agriculteurs laborieux et tranquilles dont la planète appartenait à l'empire thorg. Mais il n'était pas nécessaire de le regarder très longtemps pour savoir que lui n'était pas un paysan pacifique : chaque détail de son corps le désignait comme un mercenaire, un tueur. On lui avait donné un sayongo noir, ce long vêtement utilisé par les Kreels pour dissimuler les mouvements de leurs jambes au combat ; son buste était découvert. Il avait les épaules étroites et le torse maigre, mais sous sa peau très pâle, chaque muscle se dessinait, sec, saillant, comme si quelque sculpteur méticuleux en avait taillé les moindres reliefs dans du bois dur. Plusieurs cicatrices lui zébraient le dos et les bras. Ses cheveux blonds, presque décolorés, étaient coupés très ras, à la manière des barbares krüses ou moog-saïs. Il restait droit et raide, sans bouger ; mais quelques instants après que Fana

Kabungué eût déclenché la transparence unidirectionnelle du mur, il se retourna d'un mouvement rapide et sans brusquerie, avec cette précision et cette souplesse des félins, comme si un obscur instinct animal l'avait averti que des yeux l'observaient, derrière le mur. Et les Kreels virent son visage.

Il était d'une beauté étrange et inquiétante. Les quatre vieillards qui le découvraient par leurs propres sens pour la première fois ressentirent le même mélange de fascination et d'angoisse qu'un archéologue exhumant, parmi les restes enfouis d'une cité à l'impensable antiquité, la statue d'albâtre d'un dieu au culte oublié, superbe et maléfique. Il avait des traits harmonieux, fins, un peu anguleux, un nez étroit en lame de couteau. Ses lèvres minces et pâles, presque livides, se détachaient à peine au milieu de la blancheur de lait de sa peau. Il semblait n'avoir pas de sourcils, tant ceux-ci étaient clairs et peu fournis. Mais les hommes qui le regardaient furent surtout fascinés par ses yeux : des yeux immenses aux reflets étranges de cristal Baurogorth, variant du vert au gris-bleu ; des yeux qui paraissaient fixer les six vieillards, comme s'ils avaient pu voir à travers le mur ; des yeux vides, miroir d'une âme déserte et glacée.

Au premier abord, les Kreels donnèrent à peu près vingt-cinq ans à l'étranger. Mais rapidement, ils furent perplexes, car son visage imberbe, à la froide expression d'indifférence et de cruauté enfantine, semblait plus jeune, et son regard renfermait l'infinie lassitude de ceux qui ont vécu trop longtemps.

Fana Kabungué laissa ses compagnons observer le Sven pendant un long moment. Puis il parla à nouveau :

— Vous en savez maintenant autant que moi. Je n'ai que trois choses à ajouter : il s'appelle Stanley Petersen, sa main gauche a été tranchée et remplacée par un néotissu synthétique ; et il y a une heure, je lui ai annoncé qu'il allait devoir se battre...

DÉJA PARUS DANS LA MÊME COLLECTION

1690. *Les enfants du silence (L'ère du pyroson-2)* — Claude Ecken
1691. *Le septième cycle (Bêta IV Hydri-3)* — Bertrand Passegué
1692. *Brebis galeuses* — Kurt Steiner
1693. *Enfer et purgatoire* — Michel Honaker
1694. *A la recherche de Faërie (Les Voleurs de Rêves - 3)* — Jean-Marc Ligny
1695. *Un navire ancré dans le ciel* — Roland C. Wagner
1696. *Dernière tempête* — Philippe Guy
1697. *Yriel* — Robert Alexandre
1698. *La septième saison* — Pierre Pelot
1699. *Les pierres de sang (Service de Surveillance des Planètes Primitives)* — Jean-Pierre Garen
1700. *Egregore* — Piet Legay
1701. *Cette chose qui vivait sur Véra* — Louis Thirion
1702. *La mort marchait dans les rues (Les derniers jours de mai - 2)* — Roland C. Wagner
1703. *Fleur* — Patrick Lachèze
1704. *Lazaret 3 (La grande séparation - 3)* — G.-J. Arnaud
1705. *Dal Refa'I (Pangée - 1)* — Alain Paris
1706. *Labyrinthe de la Nuit (Les Voleurs de Rêves - 4)* — Jean-Marc Ligny
1707. *La forteresse éternelle (Bêta IV Hydri - 4)* — Bertrand Passegué
1708. *Top niveau* — J.-C. Lamart
1709. *Tchernobagne* — Gérard Delteil
1710. *La mort en billes* — Gilles Thomas
1711. *Joal ban Kluane (Pangée - 2)* — Alain Paris
1712. *Le roi de fer (Service de Surveillance des Planètes Primitives)* — Jean-Pierre Garen
1713. *Terminus l'enfer - 1999 -* — Gérard Néry
1714. *L'androïde livide de l'astéroïde morbide* — Max Anthony
1715. *Le rire du clone* — Piet Legay
1716. *Le rescapé de la Terre* — P.-J. Hérault
1717. *Sassar (Pangée - 3)* — Alain Paris
1718. *Le Lévrier de Varik (les chroniques de Vonia - 1)* — Hugues Douriaux

1719.	*Hypnos et Psyché (Les Voleurs de Rêves - 5)*	Jean-Marc Ligny
1720.	*Le grand hiver (Bêta IV Hydri - 5)*	Bertrand Passegué
1721.	*La planète Jaja*	Daniel Walther
1722.	*Les bâtisseurs du monde*	P.-J. Hérault
1723.	*Bronx Ceremonial (Le Commandeur - 1)*	Michel Honaker
1724.	*Les noyés du fleuve Amour - 1999 -*	Gérard Néry
1725.	*Désirs cruels*	Michel Pagel
1726.	*O Gamesh, prince des ténèbres*	Piet Legay
1727.	*L'autre Cécile*	Claude Ecken
1728.	*Les ratés*	Gilles Thomas
1729.	*La chute des dieux (Service de Surveillance des Planètes Primitives)*	J.-P. Garen
1730.	*La Soie Rouge de Xanta (Les chroniques de Vonia - 2)*	Hugues Douriaux
1731.	*Traqueur d'illusions (Les Voleurs de Rêves - 6)*	Jean-Marc Ligny
1732.	*Le présent du fou (Les Raconteurs de nulle part - 1)*	Pierre Pelot
1733.	*Les psychopompes de Klash*	Red Deff
1734.	*Ysée-A*	Louis Thirion
1735.	*The Verb of Life (Le Commandeur - 2)*	Michel Honaker
1736.	*Scorpions — 1999 —*	Gérard Néry
1737.	*Les forains du bord du gouffre Les Raconteurs de nulle part - 2)*	Pierre Pelot
1738.	*La loi majeure*	Don Herial
1739.	*Les Ailes Tranchées (L'Oiseau de Foudre - 1)*	Félix Chapel
1740.	*Zoomby*	Vincent Gallaix
1741.	*Visiteurs d'apocalypse*	Jean-Pierre Andrevon
1742.	*La dame d'Alkoviak (Les chroniques de Vonia - 3)*	Hugues Douriaux
1743.	*Le ciel sous la pierre (Les Raconteurs de nulle part - 3)*	Pierre Pelot
1744.	*Vous avez dit « humain » ! (Les Dossiers Maudits)*	Piet Legay
1745.	*Dépression*	François Sarkel
1746.	*Les voies d'Almagiel*	Gilles Thomas
1747.	*Safari mortel (Service de Surveillance des Planètes Primitives)*	Jean-Pierre Garen
1748.	*Return of Emeth (Le Commandeur - 3)*	Michel Honaker

1749. *Le dirigeable* Certitude
(Le Monde de la Terre Creuse - 5) Alain Paris
1750. *Les faucheur de temps*
(Les Raconteurs de nulle part - 4) Pierre Pelot
1751. *Les autos carnivores* Max Anthony
1752. *Appolo XXV* Daniel Walther
1753. *La révolte des Barons*
(Les chroniques de Vonia - 4) Hugues Douriaux
1754. *Les Fils du Miroir Fumant*
(Le Monde de la Terre Creuse - 6) Alain Paris
1755. *Soleil de mort* Pierre Barbet
1756. *Emergency ! (Les Dossiers Maudits)* Piet Legay
1757. *Le Temple de la Mort Turquoise*
(L'Oiseau de Foudre - 2) Félix Chapel
1758. *Les derniers anges* Christopher Stork
1759. *Kinf of Ice (Le Commandeur - 4)* Michel Honaker
1760. *Le Peuple Pâle*
(Le Monde de la Terre Creuse - 7) Alain Paris
1761. *Succubes (Livre I - Démons)* Jean-Marc Ligny
1762. *Hydres (La guerre des sept minutes - 2)* Don Herial
1763. *Ylvain, rêve de vie*
(La Bohème et l'Ivraie - 1) Ayerdhal
1764. *La légende des Niveaux Fermés* Gilles Thomas
1765. *Chasse infernale (Service de Surveillance des Planètes Primitives)* Jean-Pierre Garen
1766. *Arasoth (Les chroniques de Vonia - 5)* Hugues Douriaux
1767. *Succubes (Livres II - Sorciers)* Jean-Marc Ligny
1768. *Le sang de Fulgavy*
(L'Oiseau de Foudre - 3) Félix Chapel
1769. *Made, concerto pour Salmen et Bohème*
(La Bohème et l'Ivraie - 2) Ayerdhal
1770. *Le Rêveur des Terres Agglutinées*
(Images rémanentes - 1) Roland C. Wagner
1771. *Secret of Bashamay*
(Le Commandeur - 5) Michel Honaker
1772. *Ross et Berkel*
(La Treizième Génération - 1) P.-J. Herault
1773. *Comme une odeur de tombeau* Samuel Dharma
1774. *Le profanateur*
(Les Dossiers Maudits) Piet Legay
1775. *La Naïa, hors limites*
(La Bohème et l'Ivraie - 3) Ayerdhal
1776. *Les enfants de Pisauride* Jean-Pierre Andrevon

Achevé d'imprimer en septembre 1990
sur les presses de Cox and Wyman Ltd
(Angleterre)

– N° d'impression : 8761. –
Dépôt légal : octobre 1990
Imprimé en Angleterre